Hayykitap - 518
Edebiyat - 68

Sevseydi Gitmezdi
Zeus Kabadayı

Hayykitap Edebiyat Yayın Yönetmeni: Caner Yaman

Kapak Tasarımı: Betül Akyar
Sayfa Tasarımı: Turgut Kasay

ISBN: 978-605-2214-26-8
1. Baskı: İstanbul, Mayıs 2018

Baskı: Yıkılmazlar Basım Yay.
Prom. ve Kağıt San. Tic. Ltd. Şti.
Evren Mah. Gülbahar Cad. No: 62/C
Güneşli - İstanbul
Sertifika No: 11965
Tel: 0212 630 64 73

Hayykitap
Zeytinoğlu Cad. Şehit Erdoğan İban Sk.
No: 36 Akatlar, Beşiktaş 34335 İstanbul
Tel: 0212 352 00 50 Faks: 0212 352 00 51
info@hayykitap.com
www.hayykitap.com
facebook.com/hayykitap
twitter.com/hayykitap
instagram.com/hayykitap
Sertifika No: 12408

ZEUS KABADAYI

SEVSEYDİ GİTMEZDİ

Zeus Kabadayı

Zeus Kabadayı, 1990 İstanbul Üsküdar doğumludur.

"Hayalim", "Karanfil" ve "Haykırış" isimli üç müzik albümü çıkarmıştır. Youtube'da senaristliğini ve yönetmenliğini üstlendiği Yarabandı isimli dizinin aynı zamanda oyuncu kadrosunda da yer almaktadır.

Hayykitap'tan yayımlanan kitapları:
Sevseydi Gitmezdi, Mayıs 2018
Beni Neden Sevmedin?, Ekim 2017

Anılarımız Olsun

Hayat dalgaya alınacak bir şey değil arkadaş. Bir bakarsın kimse kalmamış etrafında, bir bakarsın çok kalabalık ama sen yalnızsın. Nefes alabildiğimiz için dua etmeliyiz.

Yürüdüğümüz, koştuğumuz için...

Benim babaannem avuçlarımın arasında son nefesini verdi. Ve hiçbir şey yapamadım.

O duyguyu biliyor musun? Hiçbir şey yapamamak... Dünya üzerindeki en iğrenç duygu galiba.

Etrafında bir şeyler oluyor ve sen hiçbir şey yapamıyorsun. Öylece bakıyorsun sadece.

O an şunu anlıyorsun: Yalnızlık değil, eksilmek...

Eksiliyorsun hayatta. Bir parçan kopuyor yarım kalıyorsun. Artık alışkanlıklarını değiştirmek zorunda oluyorsun. Yatağını kendin topluyorsun. Kahvaltını kendin hazırlayıp çayını kendin dolduruyorsun.

Ve şunu biliyorsun.

Artık hiçbir şey eskisi gibi olmayacak.

Bunu kabul etmek çok zor. Ama kabul edince her şey güzel oluyor. Bazen kabullenmek gerek. Hem kabullenip hem susmak...

En güzeli bu.

Sustuklarım içimde büyüyor.

O büyüdükçe ben yaşlanıyorum.

Sabretmem gerekiyor. Her şey güzel gidiyor. Eksik olduğunu biliyorsun. Bütün duygularına sahip çıkıyorsun, sana karşı gelen duygu sadece özlemek oluyor, ne yaparsan yap özlüyorsun.

O da kalbinin güzelliği. Bırak varsın özle.

Çünkü özleyince hayatta kaldığının farkına varıyorsun. Her nefes aldığında kalbin acıyor.

Ve yaşıyorum diyorsun.

Sen, sen ol ama sen, ben olma. Ben kalbimi taş kestim.

Dedem çok iyi adamdır. Dedem adamdır.

Ben, onun elinde büyüdüm. Onun güldüğünü gören çok azdır. Onun yüzüne bakınca anlıyorsun özlemenin nasıl bir şey olduğunu...

Ben dedem gibi sevmek istiyorum. Saygıyla, gururla. Hayatta bir kere olsun babaanneme sesini yükseltmemiştir benim dedem.

Ve sana bir şey diyeyim mi; dedem babaannemi kaybettikten sonra benim hem annem hem babam oldu. Bu kadar büyük bir sevgiyle sevebilecek miyim birini bilmiyorum.

Ama her zaman dediğim gibi sevgi kazanacak. Elimden şu an babaannemi kaybettiğim gün olduğu gibi hiçbir şey gelmiyor. Olsun gelmesin. Elbet gelecek biliyorum.

Geldiği gün dedemin babaanneme baktığı gibi bakacağım ona.

Öyle seveceğim. Öyle sarılacağım. Ve günün birinde toprağın altına koyarsam onu...

Öyle unutmayacağım.

Bizim bayram sabahlarımız ünlüdür.

Birer sigara yakar, anıları tazeleriz.

Eğer bir yerlerde şu an benim seveceğim biri varsa şayet...

Gel.

Gel ki anılarımız olsun...

”

Günaydın!
İnsan gidince mutlu oluyor,
unutuyor dediler.

Meğer giderken dertlerin de
yanında geliyormuş...

Senin doğru bildiklerin yalan,
yalan bildiklerin doğruymuş.

Sen acı çekerken sevdiğin
insan senin için
üzülmüyor.
Aksine uzaktan sana oyunlar
oynuyormuş...

Yalan söylemekten de hiç
Çekinmiyor,
Sen ne kadar ölürsen öl o
senin yanına gelmiyormuş...

Öyle yani, tavan kardeş...
Sen ne kadar beyaz olursan
ol...
İnsanlar hep kirletiyormuş.

Ben Hatalarımla Güzelim

Ben hatalarımla güzelim. Ne yaptıysam kendime, kimse karışamaz.

Doğru mu? Doğru.

Bazıları diyor, bu böyle mi yapılır? Bu kıza mı âşık oldun? Bu işi mi yapıyorsun?

En güzel cevap şey...

SANA NE!

Ben doğrum ve yanlışımla varım. Sen de öyle yap. Hatta ne yaparsan yap ama sen yap.

Ben bir kadınla beraber olurken insanlara sormak zorunda mıyım? Ben sevdiysem elini tuttuysam kime ne?

Kimse için hayatınızı değiştirmeyin.

Ben bir kere değiştirdim. Hem de sevdiğim kadın

değiştirdi.

O söyledi, ben yaptım. Bunu yapma dedi, yapmadım. Sonra baktım ki ben, ben olmaktan çıkmışım.

İşin kötü yanı o beni sevdi.

Ben onun istediği adam oldum.

O gitti.

Eğer kendini sevdiğin birisi için değiştireceksen değiştirme...

Çünkü o seni sen yapan şeyleri sevdi.

İyisini de kötüsünü de...

Bazen ne yaparsan yap gideni durduramıyorsun.

O gitmeye karar verdiyse gidiyor.

Omuzlarında ne kadar yük olursa olsun...

Kendinden vazgeçme.

Ben kendimden vazgeçerken ondan da vazgeçmek zorunda kaldım.

Hem insan sevdiğini neden değiştirmeye çalışır ki?

Birilerinin elinde sihirli değnek olsa galiba tipimizi,

suratımızı da değiştirirler.

İnsan sevmeye o kadar odaklı ki dünyadaki her şeyi unutuveriyor.

Ellerinden kan akıyor, canı acımıyor. Öyle bir his...

Hayata her zaman güzel bir pencereden bak. Kimse için bir şeylerden vazgeçme.

Sonra ellerinden kuş gibi uçup giderler.

Hata mı yaptın, bırak öyle kalsın.

Sen hatalarınla güzelsin.

Hem seni seven öyle sevsin

Ben artık öyle diyorum, beni sevecek misin?

Böyle sev. Eksiğimle sev. Fazlamla sev.

Bu kadarım ben, bu kadar...

Yapmam gereken ne varsa senin için yaparım, hem de her şeyi. Ama fazlasını isteme.

Bir laf var ya elimden gelenin fazlasını yapacağım diye. Aslında bu da bir hata.

Çünkü elinden gelenin fazlası işi tehlikeye atmak demektir.

Sen elinden gelenin fazlasını değil, elinden geleni yap ama en güzel şekilde yap, sana yakışanı yap anlayacağın.

Sevecek misin? En güzel şekilde sev. Karşılıksız sev, hiçbir şey bekleme, gerisini önce Allah'a sonra sevdiğine bırak.

Severse sever.

Sevmezse canı sağ olsun.

Ölecek değiliz ya...

Gerçi onlarsız yaşayabiliyor muyuz, o da başka konu ya...

Neyse...

Ben Hep Varım

Asma suratını. Geçecek. Bugünler de geçecek. Ne olmuş yani yalnız kaldıysan?

Ben varım.

İstediğin her zaman buradayım. Benden gitmiş olabilirsin.

Olsun.

Canın sağ olsun.

Sen ne zaman istersen buradayım ben.

Benimle zamanında bunun için beraber olmadın mı zaten? Hep yanındayım, her derdine koşuyorum, sen ne dersen evet diyorum diye... Ne olmuş yani gittiysen, yani demek ki hatalıyım ki gitmişsin. Çünkü insan bu kadar şeyi yapan birinden neden gitsin ki?

Ben senin her bir gözyaşına kurban olurum sevdiğim. Sen yeter ki asma suratını. Sevmek böyle bir şey, sevdiğin üzüldü mü sen ağlıyorsun.

O şayet ağlarsa...

Sen ölüyorsun!

Onun için ne sen ağla sevdiğim ne ben öleyim.

İnan anlıyorum acını. Biliyorum.

Sevgilin terk etmiş.

Sen gidince ben de çok üzülmüştüm. Aynı senin gibi ağlamıştım.

Sen gidince...

Ama geçiyor sevgilim. Bir zamandan sonra ağlamamaya başlıyorsun. Uzaktan sevmek de çok güzel oluyor.

Sen mesela, onun fotoğrafını koyuyorsun. Bakıyorum mutlusun, bana baktığın gibi ona bakıyorsun.

Ben kendimi, bana bakıyormuşsun gibi hayal ediyorum. Ve senin için mutlu oluyorum sevdiğim...

Ben sizi dışarıda çok gördüm. Tabii siz görmediniz. Saklandım çünkü.

Neden?

Beni görürsün de keyfin kaçar diye be sevgilim!

Asılmasın o güzel suratın istedim. Bilirsin sabahları bile uyandığında hep şey derdim. Hadi gülümse bana, sahi ona da gülümsüyor musun?

Ne şanslı be! Güneş yerine sen gülümsüyorsun ilk...

Ama üzülme lütfen. Bak ona da sen gibi başkası gülümseyecek artık, sen gibi onu da başkası sevecek, başkası öpecek, başkası sarılacak. Bununla mutlu olmayı öğreneceksin, bir zaman sonra güçlü olacaksın. Görünce yolunu değiştireceksin, bazı akşamlar evinin önüne gideceksin; ışıkları kapalı olacak, yansın diye bekleyeceksin. Sonra bir ışık yanacak, biri açacak o pencereyi. Bir sigara yakacak, sen onu görmek isterken tanımadığın biri açacak o pencereyi... Sen gene mutlu olacaksın.

Sen, ben olacaksın; o da zamanı gelecek, sen olacak!

Unutma, ben her zaman buradayım, seni hep seveceğim. Asma sakın o güzel suratını...

Ben hep VARIM!

Ben Sende Var mıyım?

Yüreğinin içinde bir yerlerde...

Saat gecenin üçü sadece bunu düşünüyorum, ben sende var mıyım? Ya da hiç sende oldum mu? Senin için kocaman bir dünya inşa ettim ben biliyor musun? Teras katı bir ev tuttum, papatyalar diktim saksılara; halattan harika lambalar var ya hani, onlardan aldım. Sen laciverti çok severdin, evimizin duvarlarını boyattım laciverte. İki değil, üç yastık aldım; sen sarılmayı çok sevmezsin, bana değilse bile üçüncü yastığa sarıl diye. Bir tane kahve makinesi aldım ikimize, sen de ben de sabah kahve içmeden uyanamıyoruz biliyorum. Ama senin bilmediğin sadece benim bildiğim özelliklerin var biliyor musun?

Gülünce sağ gözün biraz daha kısılıyor mesela. Seni seviyorum derken dudaklarının kıvrımları daha çok belirginleşiyor, sinirlendiğin zaman sadece yere bakıyorsun. Geceleri biraz daha sessiz oluyorsun. Yemek yerken konuşmayı çok sevmiyorsun. Bir de hep kızardın bana neden konuşmuyorsun diye. E konuşunca kızıyorsun sevgilim, ilgin bende değil, kendin bile farkında değilsin. Kim bilir neler geçiyor zihninden?

Son zamanlarda sana hep sordum, sevgin mi azaldı diye. Hayır dedin her zaman; ama ben farkındaydım, sen daha bana karşı sevginin bittiğinin bile farkında değildin sevgilim.

Ben böyle deyince hayır saçmalama ne alakası var diyordun hep hatırlıyor musun?

Ben, beni sevmediğini nereden mi anladım?

Artık güldüğün zaman zorla gülüyordun, sağ gözün kısılmıyordu. Bana seni seviyorum derken dudak kenarlarındaki kıvrımlar oluşmuyordu artık, öyle dümdüz seni seviyorum diyordun. Sinirlendiğin zaman yere bakmak yerine artık bana karşı geliyor, hatta bazı geceler dışarı çıkıyordun; terk ediyordun evi, kocaman evde seninle tartışmayı bile özlüyordum. Geceleri sessiz olan sen, artık sadece uyumayı tercih ediyor, sabah olunca da bir an evvel çıkıp gitmek istiyordun evden.

Yemek yerken konuşmayı sevmeyen kadın, sadece konuşuyordu.

Konuşmanda problem yoktu da... Bir kişiyi konuşuyordun. Kim mi? Yeni patronun...

Tanımadığım bir adamı dinliyordum koca bir yemek boyunca. Ona duyduğun hayranlığı anlattıkça kendimi o kadar işe yaramaz hissediyordum ki...

En önemlisi de ne biliyor musun? Sen geceleri uyumadan önce kavga da etsek beni öpmeden uyumazdın.

Ben dudaklarının tadını unuttum kadın!

Ben beni sevmeni unuttum.

Ben sana her zaman "Beni yalnız bırakma!" dedim.

Sen beni "kimsesiz" bıraktın.

Ben Şimdi Ne Diyeceğim?

Son kez sarılmadan nasıl gidebilir insan? Nasıl o yola çıkabilir? Bari son kez kokunu içime çekmeme izin verseydin. Bu kadar mı sevmedin beni? O kadar mı nefret ettin benden?

Ben, seni sevdiğim kadar kimseyi sevmedim biliyor musun?

Son dileğin ne olur deselerdi bu ilişki için...

Seni son kez öpmek derdim.

Hiçbir kadın beni senin gibi öpmedi.

Kimse dokunmadı bana öyle.

Kimse sen gibi sarılmadı...

Ve sen bir anda diyorsun ki ben gidiyorum.

Ya sen beni bırakıp nereye gidiyorsun?

Gidiyorsun, bari beni de götür yanında...

Ben sensiz ne yapacağım? Kimi seveceğim ben? Kimi öpüp kime sarılacağım?

Derdimi kime anlatacağım?

Bana hastalanınca kim bakacak?

Ben sensiz yaşamayı hayal dahi edememişken...

Sen, kurmadığım bir hayali yaşa, diyorsun.

Ben, senin kadar güçlü değilim.

Sana kalkıp şimdi gitme desem sen de gitmesen.

Ben de burada bir başıma kalmasam olmaz mı?

Evimize ne diyeceğim ben, artık o gitti gelmeyecek mi?

Yatağımız sorarsa seni "Bir ben kaldım, benimle idare et!" mi diyeceğim?

Ne diyeceğim söyle?

Madem bensiz yaşa diyorsun bari giderken ne diyeceğimi söyle.

Sen sensiz kaldın mı hiç?

Sen giderek beni hem sensiz hem de bensiz bırakıyorsun.

Çünkü ben seninle bendim.

Ben sensiz ben olamam ki...

Ben, bir hiç olurum o zaman.

Hayata dair ne varsa senin üzerine kurdum ben.

Ama hiç gideceğini hesaplamadan hayal ettim.

Ben bunu yapmayarak hata mı ettim?

Biz birbirimize söz vermedik mi ölene dek beraberiz diye?

O zaman sen yalancısın. Sözünü tutmayan bir yalancı hem de.

Çünkü benim gözümün içine bakarak bizi sadece ölüm ayırır demiştin.

Ama ölmedik.

Ne sen ne de ben...

Hala hayattayız ve sen gidiyorum, diyorsun. Ayrıldık, bitti diyorsun.

Bu kadar kolay mı gitmek?

Kolaymış baksana. Şu an tam arkandayım ve taksiye binmek üzeresin.

Binmesen ya o taksiye...

Hadi birileri çıksın, sana şaka yaptık, desin.

Kabul bak, ben çok gülerim.

Dur binme.

Gitme...

Gittin...

Bari son kez gözümün içine baksaydın.

Ben şimdi ne diyeceğim yüreğime?

Beni Yalnız Bırakma

Sesimin bittiği yerdeyim. Çünkü senin arkandan çok bağırdım, ben bağırdım da sen duymadın sevgilim. Sence biz olabildik mi? Biz denen bir şey var mıydı? Sorun buydu galiba, biz diye bir şey yoktu.

Haklısın...

Ben kendi kendime gelin güvey olmuşum. Seni severek kocaman bir hata yapmışım. Saklanmışım tüm hayallerimin arkasına, el sallamışım gel beraber saklanalım diye. Artık söz böyle bir şey yapmayacağım, söz üzmeyeceğim seni.

Tek şartım var ama.

Beni yalnız bırakma.

Çünkü ben sensiz kalınca tüm dünya başıma inmiş gibi hissediyorum. Sanki tüm dünya bana kafa tutuyor. Sanki bulutlar artık sadece benim için ağlıyor.

Kaldıramıyorum.

Onun için gel, barışalım. Hem barışırsak ne kaybederiz ki? Kim bize dur diyebilir? Bir şey sadece, o da senin kalbin. Senin kalbin bize dur diyebilir sevgilim çünkü sen beni aslında hiç sevmedin. İnsan, sevdiği yanında yokken nasıl nefes alabilir ki? Sen yoksun ya hani, ben her gün derin derin iç çekiyorum. Yalandan olsa da gülümsüyorum. Sen bana ne kadar oyuncusun, her şeyin yalan, derdin. Sen bir de şimdi gör beni, sahte mutluluk kahkahaları atıyorum insanlara...

Beni görenler ne kadar çabuk düzeldin diyor. Vay be ne güçlü adamışsın, diyorlar. Bense sadece gülümseyip kafamı sallıyorum. İçimden kocaman bir "Hass*ktir!" diyorum ama onlar duymuyor tabii o küfrü yüz ifademe ne kadar yansıtabiliyorsam o kadar yansıtıyorum işte...

Güçlü olmam gerek. Her zaman dimdik ayakta durmalıyım.

Neydi mottomuz? İnsanlar beni üzgün bilsin, ben her zaman bulutlara bakacağım.

Neyse...

Ben seni çok özledim. Kimlesin, ne yapıyorsun, ne ediyorsun; hiçbir şey umurumda değil...

Benim umurumda olan tek şey sensin. Git istediğin hayatı yaşa, beni yalancılıkla suçlamaya devam et.

Zaten her zaman suçlu bendim değil mi?

Canın sağ olsun.

Ben bir kalemim. Ve seni yeniden yazmaktansa bugün kendimi kırıyorum. Kırılıyorum, parçalanıyorum sevgilim günden güne...

Sen yine bildiğini yap...

Geri dön...

Beni yalnız bırakma...

Gereğinden fazla sensiz kaldım.

Seni seviyorum.

Bir Elveda

Bir elvedanın ne kadar değerli olacağını kimse bilmez. Herkes arkasına bakmadan gider.

Erkeği de kadını da ne fark eder ki. Sevdiklerinize bir elvedayı çok görmeyin.

Elveda edin ki sizi iyi bilsinler. Çok zor da bir şey değil, sarılmak istemiyorsan sarılma.

Elini sıksan da olur. Ne kadar zaman geçirdiysen teşekkür et ve git.

Sevgin bitse de saygını bitirme. Siz beraber güzel zamanlar geçirmediniz mi?

Her ağladığında kafanı onun omzuna koydun. Koymadım deme.

En zor anında onu arayıp anlatmadın mı derdini? En mutlu olduğun an sarılıp mutluluktan ağlamadınız mı birlikte? Bunlar boşa mı yani?

Bu kadar şey yaşamışken bir teşekkür edip gitmeyi çok görüp gidiyorsan...

Ne diyeyim arkadaş, ne diyeyim.

Ama sonra şunu unutma.

Şayet fikrin değişir geri dönmeye kalkarsan...

Sen nasıl öylece gittiysen o da seni öylece hayatından koparıp bir köşeye atacak.

Hatta yeni birini sevecek, başkasıyla dertleşip başkasına omuz olacak.

Mutluluğunu başkasıyla paylaşacak.

Bunlar ne, diyorsan...

Şunu da düşün.

Başkası öpecek onu. Başkası elini tutacak.

Bir insan gitmeden önce bunu düşünmeli ilk.

Ben gidiyorum da ben gittikten sonra sevdiğim insanı başkasıyla görmeye gücüm olacak mı? Benim sevgim bitti ki öyle gidiyorum, diyorsan... Bence iki defa düşün.

Çünkü geri döndüğün zaman, şayet dönmeye kalkarsan, hazırlıklı ol her şeye derim.

Kimse deneme tahtası değil bu dünyada.

Ve üstüne alınma ama dünya senin etrafında da dönmüyor. Sen bu gezegende ufacık bir nokta kadar bile değilsin.

Elbet onu da birileri sevecek ve elbet ona da birileri sahip çıkacak.

Sonra kafanı taştan taşa vursan da fark etmez.

Sen kimsin diyorsan, merhaba, ben o kafasını taştan taşa vuran, bir elvedayı bile çok gören adamım ben.

Sen, ben gibi olma. Sonra çok üzülüyorsun.

Kendine acımıyor, daha çok sigara içiyorsun mesela. Her gün, paket paket. Sanki iyi bir haltmış gibi.

Unutmadan ekleyeyim, sigara içmeyin, çok pahalı.

Şimdi ne mi yapıyorum?

Sahilde oturmuş bir yandan denize taş atıp bir yandan oturduğumuz banka bakıp küfrediyorum.

Özür dilerim sevgilim.

Ben, bir elvedayı çok gören sevgilin...

Bir Varmış Bir Yokmuş

Aslında biz çocukluktan antrenmanlıydık bu duruma.

Çünkü hayat bir varmış, bir yokmuş diye anlatıldı bize.

Sen de öyleydin hayatım...

Bir vardın, bir yoktun.

Ben seni yokken de sevdim. Kurduğumuz hayallerle, odaya hapsolmuş kokunla sevdim.

Bu sefer senden bir ricam var. Artık itiraf et olur mu? Ben senin için boş kaldığında geldiğin bir kapıyım. Sen başkasını seviyorsun, ben seni...

Ben çok istedim beni sevmeni. Her geldiğinde yemek yaptım sana. Üstün başın kirliyse yıkadım.

Sen istemesen de ben sana çok sarıldım.

Onun için senin var olman bir şey ifade etmiyor.

Çünkü sen benim yanımda otururken bile yoksun ki...

Öylece yanımda oturuyorsun ve ben sadece seni seyrediyorum. O adama da çok sinirleniyorum, neleri kaçırıyor geri zekâlı? Şunun oturuşundaki asalete bak!

Güldüğü zaman tüm dünya duruyor be salak!

Nasıl bu insanı sevmezsin, diyorum.

Nedense artık yokluğun ağır gelmeye başladı. Eskiden gelirdin. Şimdi gelmiyorsun.

Hiç değilse geldiğin zaman görürdüm. Benim olmadığını bilirdim ama yine de görürdüm, görmek de yeterdi bana.

Bu işte problem var çünkü ben çocukluğumdan beri bir var, bir yok öğrendim.

Sen artık var olmuyorsun kadın. Hep yoksun.

Tamam, beni sevmesen de olur.

Tamam, sevişmeyelim de.

Ama gel kurban olayım.

Bana masalları öyle anlatmadılar.

Zaten ben masalın başkahramanı olmak istemiyorum ki...

Benim külkedisinin prensi ya da uyuyan kızın uyandıranı olmak gibi bir amacım yok.

Ben sadece seni seviyorum.

Ben yerdeki taş olmaya da razıyım. Ya da üstüne bastığınız toprak da olur.

Ama gel.

Arkadaşlarım sen kürkçü dükkânısın diyor.

Artık dükkân iflas ediyor, kadın! Ben dükkânı kapatmak istemiyorum.

Eğer benim ömrüm bir veresiye defteriyse al senin olsun. İstediğin gibi yaz çiz.

Ona da kabul. Zaten geldiğin her zaman ben senin borçlarını sıfırlamıyor muyum?

Benim gözlerimin içine tek bakışınla benim ömrümden ömür götürmüyor musun?

Sen gelemiyorsan eğer söyle ben geleyim.

Benim inandığım şeyi bozma.

İster var ol... İster yok...

Ama arada bir var ol.

Çocukken anneme sormuştum neden bir var bir yok diye.

Büyüyünce öğrenirsin demişti.

Öğrendim.

Böyle Gülmeyi Nereden Öğrendin Sen?

Sen böyle güzel gülmeyi nereden öğrendin? Madem böyle güzel gülüyorsun, neden bana güldün?

Kimse demedi mi sana herkese öyle gülünmez, bak âşık olurlar sana diye.

Bana hiç gülmeyecektin sen.

Gerçekten.

Çünkü sen bana güldün. Ben dünyaya güldüm.

Ben senden önce hayatı renksiz görüyormuşum be!

Baktığım her şey siyah beyazmış.

Gördüğüm her şey aslında çok güzelmiş.

Sen bana ne yaptığının farkında mısın?

Sen çok kötü bir insansın. Bunu benden başka sana söyleyen olmamıştır eminim.

Şimdi diyorsundur içinden, ben ne yaptım deliye bak, diye.

Ne mi yaptın?

Kendine âşık ettin, daha ne yapacaksın?

Seni ilk gördüğüm anı hatırlıyor musun?

Oturdun, merhaba dedin ve ben hayatımı anlatmaya başladım sana.

İşin bok yanı kendimi durduramıyorum, sanki yarın evleneceğiz de kendimi anlatmaya çalışıyorum.

Ve sana bir şey diyeyim mi?

Sen çok şanslı bir insansın.

İyi ki bana âşık olmadın. İyi ki sevmedin beni.

Ben seni çok üzerdim. Üstüne titrerdim çünkü.

Daha yeni tanıdım ama anladım sen bunalırsın benden.

Ben sonra çok üzülürdüm, benle olup sonra beni terk edince...

İyi ki sevmedin beni. Bu arada kocaman bir alkış hayatımda ilk defa bunu yaşadım ben.

Birini gördüm. Ve telefonumu elime aldım tarih attım: 30 Aralık 2017. Yazdığım şey de şu: Ayvayı yedin, âşık oldun!

Şimdi hiç gülme bana, durum bu.

Bir gün okursan şayet hatırlarsın o anı, gülersin güzelce.

Ama lütfen benden uzakta gül. Çünkü sen güldüğün zaman ben unutuyorum her şeyi.

Sonra bak gene sana sararım. Onun için boşver.

Sen, sana layık olanlarla ol.

Bense dışarıdan seyredeyim.

Ama o gülüşü hak edenle ol, tamam mı?

Öyle rasgele üzemesinler seni.

Şayet o gülümseme giderse yüzünden...

Ben orada kahrolurum.

Gerçekten... Paramparça olurum.

Hayatımdaki o anı hiç unutmayacağım.

Eğer Allah yazdıysa seni alın yazıma. Elbet benim olacaksındır, değil mi?

Yani öyle olmalı.

Ben her nedense bekliyorum her gün bana yazmanı.

Umut ediyorum. Allah yazmıştır belki de bir araya geliriz diye...

Teşekkürler bana bu duyguyu yaşattığın için, güzel gülen insan...

Çirkin Şansı

Çirkinsin diye üzülme, ben de çirkinim. 105 kilo bir adamım ben. Bir kaza geçirdim, her şey bir anda yokuştan kayar gibi aşağı doğru gitti. Hayatımdaki birçok şeyi kaybettim. Allahtan yaşıyorum. Yaşadığım, nefes aldığım için şükrediyorum.

Ya görmeseydik dünyayı?

Ya duymasaydık kuşları?

Ya sevdiğimizi söyleyemeseydik?

İsyan etme. Hem de hiç bir şeye isyan etme olur mu?

Ne olmuş yani çirkinsek? Hem neye göre çirkin, kime göre çirkin? Git sor bakalım hadi; anneye, babaya, yanında kim varsa seni seven, hadi kalk sor.

Ben çirkin miyim, diye sor bakalım.

Onlara göre çirkin değilsin, ben söylüyorum şimdiden.

E ne oldu şimdi? Bak, bazıları da sana güzelsin diyor.

Allah hepimizi özene bezene yarattı.

Sana bir sır vereyim mi? Seni annenden babandan daha çok seven biri çıkacak, emin ol.

Sen onun için dünyadaki en güzel varlık olacaksın.

Allah bizi aslında tek değil, çift yarattı. Sadece biraz zaman var. Güven bana.

Bir gün karşına çıkacak ve diyeceksin ki ben bunu okumuştum.

O gün beni hatırla olur mu? Çünkü en büyük sır şu: Dünya üzerinde olan hiçbir şey çirkin değildir.

Her şeyin bir zamanı var.

Hem senin hem benim... Herkesin, her şeyin, her anın bir zamanı var.

Ben, senin bunu okuyunca gülümseyen suratına kurban olayım.

Hayat çok güzel, merak etme. Şayet seni bırakıp gittiyse biri, bir şey artık neyse o...

Ne şanssız, ne aptalmış!

Neleri kaybetmiş.

Bence üzüleceksen onun için üzül.

Onun kaybettikleri, kaçırdıkları için üzül.

Dünya öyle bir yer ki...

Ölüm kaşınla gözünün arası kadar mesafede...

Ne bir saniye ileri alabilirsin ne de bir saniye öne.

Ölene dek sen, dünyanın en güzel insanısın.

Kalbinin sesini dinle. Yüreğinin götürdüğü yere git.

Öyle bir git ki gidişine hayran kalsınlar.

Neden?

Çünkü gideceğin yerde elbet seni bekleyen bir şey vardır.

Allah, olmayacak şeyin umudunu vermez.

Sen çok güzelsin.

Öyle güzelsin ki...

Dünyanın en zeki adamları bir araya gelse. Hatta en zenginleri, en ünlüleri toplansalar...

Senden bir tane daha yaratamazlar.

Çirkinlik nedir, biliyor musun?

Çirkinlik, sevgiyi bilmemektir.

Sen sev.

Sen sev ki dünya güzelleşsin.

Değdi mi? Değdi

Köşeye sıkıştım.

Nasıl çıkacağım ben buradan? Birini unutmak bu kadar zor olmamalıydı. Giden, gidiyorsa gitmeli.

Gidince de benim unutmam gerekirdi. Bu işte terslik oldu galiba. Çünkü giden gitti ama ben unutamadım.

Şimdi yapılması gereken nedir? Yara bandı yapıştırmak mı? O yöntemi kullanmak istemiyorum çünkü ben o zaman daha "o"na benzerim. Birini unutmak için başkasıyla beraber olmayacağım artık.

Ve biliyor musun, ben çok "ah" aldım. Annem bile ben artık oğlumu tanıyamaz oldum, diyor.

Her gün birisiyle olunca ne hissediyorsun dersen, tabii o an her şey çok güzel.

Çok güzel de...

Sabah uyanınca nefret ediyorsun, miden bulanıyor kendinden.

Hele bir de dün sende kaldıysa yara bandı...

O yatakta yatıyor ya öylece...

Kolundan tutup "Hadi kalk, benim işim var, sen neden kaldın burada?" demek istiyorsun.

Ama diyemiyorsun.

Aslında sinirin nefretin ona değil, kendine... Neden dersen çünkü o da yara bandı olduğunun farkında...

İnsanoğlu çiğ süt emmiş. Yani arsızlaşmış artık senin anlayacağın.

Alan da razı veren de...

Ne diyebilirsin ki.

Hiçbir şey...

Ama ister istemez ah alıyorsun tabii. Belki de yüzlerce ah var üstümde.

Ve ben, çok insanın duygusuyla oynadım. Çok insanı hor gördüm.

Neden?

Onu unutmak için...

Değdi mi?

DEĞDİ...

Her zaman unuttum çünkü... Hep bunu yaptım ve unuttum. Bu yüzden bana hayvan herifin tekisin diyorlar. Kabul. Öyleyim. Dünyadaki tek emelim, benim canımı yakan herkesin canını yakmak oldu.

Ben bir tek onun canını yakamadım. Ya da onların...

Kimi sevdiysem gitti çünkü.

Ben de kendime böyle bir formül oluşturdum.

Başkalarıyla olacaktım.

Belki ah alacaktım ama unutacaktım.

Onların canını yakmanın tek yolu onları unutmaktı.

Ben de öyle yaptım. Hepsini birer birer unuttum.

Her gün başka bir yara bandı yapıştırdım.

Her zaman ne dedik? Neyi konuştuk?

Unutacağız dedik. Arkamıza bakmayacağız, kimseye boyun eğmeyeceğiz, onlar ne kadar gülerse gülsün biz her zaman kafamız dik dolaşacağız dedik ve ekledik:

ÖYLE YARALAR VARDIR Kİ KAN DURMAZ, DİKİŞ ATMAK GEREKİR!

”

Ne atmaya atabilirsin...
Ne de satmaya satabilir...
Ben Karadeniz insanıyım.
Bizde bir laf vardır.
İnsan sevdiğinden vazgeçer mi?
Diye...
Nasıl git diyebilirsin ki?
Ya da kal desen kalıyor mu?
Hadi gel, dedim. Diyelim...
Gelir mi?
Gelsin be!
Hem gelirse saçlarını
tararım onun...
Güzel yüzünü severim...
Ne garip...
O gülünce bana güneş açar, kimse
bilmez.
Gittiği günden beri
Aydınlığı unuttum.
Bu bir ceza mı?
Belki de...
Ama bu bir ceza ve senin
cezan bu insan diyorsanız
bana...
Kabul... Değer... Az bile...

Değiştir

Kendini değiştir. Eğer hayatında bir şey olmak istiyorsan. Birileri için bir sıfat olmaksa amacın.

Bence sıfat ya da yüklem değil. Nokta ol.

İnandığın şeyleri yap.

İnandığın şeyleri yap ki anlamı olsun.

İnsanlar için virgül olursan. Gelip geçicisindir.

Hiçbir farkın kalmaz. Bir eşyadan...

Ben de bir fark yaratmaya çalıştım bir zamanlar.

Evlenmeye çalışarak. Birine çok güvendim, sevdim. Ta ki doktora gidene kadar...

Evlenmeden önce test yaptılar, fazla da anlamam o işlerden.

Ben kısırmışım. Çocuğum olmayacakmış. Ben, o gün

galiba dünyada fark yarattım.

Ama o fark benim elimde değildi, ve terk edildim.

"Ben çocuk istiyorum ve bu seninle olmaz", dedi.

Peki!

Diyebildim. Elimden ne gelirdi ki? Benim suçum muydu? O kadar çok üzüldüm ki. Bazı günler sadece isyan ettim. Neden?

Çünkü sevdiğim kadın benden gitmişti.

Yalnızlık kelimesini o zaman öğrendim diyebilirim.

Bir gün biri geliyor, seni âşık ediyor. Hayatını ona adıyorsun. Ve sonra gidiyor...

Hem de hiçbir suçun yokken.

Sonra ne mi oluyor? Dünyanın en kötü adamı oluyorsun. Kimseye inanmıyorsun.

Önüne gelen herkesle dalga geçiyorsun.

Arkandan o kadar çok konuşuyorlar ki insanlar... Aslında sen konuşmaları için yapıyorsun.

Ben tehlikeliyim, gelmeyin diyorsun bir nebze.

Sabah aynaya bile bakmıyorsun. Bugün ne yediğin

değil, bugün kimin canını yakabilirim oluyor tek düşündüğün şey.

Bazı sabahlar bunu bile düşünmüyorsun. Uyanıyorsun, neden uyandım diyorsun. Saatlerce kireç rengi tavanı seyrederken buluyorsun kendini.

Ve sen, ben olduysan; seni çok iyi anlıyorum.

Çünkü bazen şunu da diyorsun, biliyorum.

Beni kimse sevmeyecek...

Sevmesinler. Hem sevince çok bir şey mi değişiyor? İnsanlar hayatına bir anda geliyorlar.

Ve bir anda da gidiyorlar.

Sevmeyin beni. Sürekli üzüleceksem sevmeyin. Ben, her sabah kendime kendimi sevmediğimi yeterince söylüyorum.

Ve biliyor musun? Bir zaman sonra herkesleşiyorsun. Kendi kendine cevap vermeye başlıyorsun.

Kendine seni sevmiyorum, diyorsun. Cevap "Sevmezsen sevme!" oluyor. Kendinle de düşman oluyorsun...

Olma...

Kendini değiştir.

Yeniden sevmeye çalış. Bakarsın her şey daha güzel olur.

Ve en önemlisi virgül değil, nokta ol.

Deşinler

Sevmek çok güzel. Kaybetmek de. İkisini de tatmalı insan. Bazen ruhu bir kuş olmalı, uçmalı, bulutlardan selam getirmeli, oradan bize sarılmalı, koklamalı. Bazen de kaybetmeli insan. En dibe vurmalı. Ama en dibe... Orayı da bilmeli. Gezmedim, görmedim dememeli.

Sonuç olarak bir kere geliyoruz dünyaya.

Hani gösterin bana, ben önceki hayatımda böyle şeyler yaptım diyeni. Yok ki. Anlayacağınız değerini bilmeli her şeyin. Bir sevgilin varsa her şeyini hatırla, ay dönümünden tut da ilk öptüğü güne kadar.

Her gün çiçek al da demiyorum. Ama bari her ay dönümünde al, ne olacak? Bir gün güzel giyin, onun için parfümünü sık, çık karşısına; paran mı yok, götür sahile be oğlum! Sahil mi yok? Otur karşısına herhangi bir yerde, fark etmez, mahallenin başında ayakta dur.

Lan anla işte neredeysen!

Bak gözlerinin içine konuş onunla. Halini sor hatırını sor ama gerçekten sor. İçten gelerek biraz dinle onu. Bak bakalım ne derdi var? Senden beklentisi nedir, mutlu mu, derdi mi yok? Mutluluğunu dinle be oğlum! Cümlenin en güzel yerinde seni seviyorum de, kocaman sarıl. Sen sarıldığında tüm mahalle esnafı dışarı çıksın. İmrensinler size...

Güvercinler aşkı sizden örnek alsınlar.

Olmaz mı?

Olur lan tabii!

Bal gibi olur hem de.

Sevmek güzel şey arkadaş! Kaybedince de güzel ama...

Hiç değilse bir şeyi kaybetmek; onun, zamanında senin olduğu anlamına gelir.

Bunun için bile...

Sırf bunun hatırına en dibe dalıp çıkmalı insan.

Kaybettim deyip başını dik tut. Herkes senin sevgine

imrensin. Hatta senin kaybedişine imrensinler.

Öyle kaybetti ki desinler, bu kadar muhteşem kaybedilemez.

Güzel kaybet arkadaş. Öyle güzel kaybet ki...

Meğer biz hiç kaybetmemişiz bu dünyada desinler.

Devam Et

Devam et.

Sürekli umut verip ortada bırakmaya devam et. Sakın ha sakın hiç durma! Ben güçlüyüm çünkü.

Ben yenilmem çünkü değil mi? Ama gücüm bitti be kadın! Gücüm bitti be sevgilim!

Sensiz geçen her güne küfrederken... Bazen iyi ki de gitti, diyorum.

Her sabah kalktığımda dünden kalan anason tadını sana anlatamam. Kendinden nefret ediyorsun.

Bunu kendime neden yaptım, diyorsun. Bu gün içmeyeceğim, diyorsun. Akşam yine içiyorsun. Bugün ağlamayacağım, diyorsun; akşama yine ağlıyorsun!

"Adalet mi bu!" dediğin anda vicdanın çıkıyor içinden. Sen kaşındın, diyor.

Sen de kafa tutuyorsun, evet diyorsun, ben kaşındım. Gülümsüyor sana. O sefil haline gülümsüyor.

"Sen de mi?" diyorsun.

"Evet, ben de!" diyor.

Bunun ne demek olduğunu biliyor musun sevgilim?

Yıkılmış bir ağaçsın, ne meyve verebilirsin ne de rüzgârın sesini duyabilirsin artık.

Ben bir ağaçsam sen neden beni yıktın sevgilim?

Ama devam et. Beni yıkmaya, parçalamaya, yok etmeye. Ben söz veriyorum, son anıma kadar seni seveceğim. Zaten ben seni sevdikçe sen beni yok etmedin mi? Sırf seni seviyorum diye.

Evdeki bütün saksıları attım. Nefret ediyorum artık papatyalardan. Yeni bir ev buldum, oraya gidiyorum. Taşınıyorum. Seni de bu evde bırakıp gidiyorum. Devam edebilirsin beni mahvetmeye.

Ama beni bulamayacaksın. Artık yepyeni birini bulup onun hayatını mahvetme vakti geldi senin için.

Hey dünya, sen de devam edebilirsin! Alıştım artık arkamdan vurulmaya. Sen de yapabilirsin. Martılar, sizi de unutmadım. İsterseniz gelmeyin. Güneş, istersen artık hiç doğmayabilirsin. Neden biliyor musun?

ÇÜNKÜ ALIŞTIM!

Devam edin. Elinizden geleni ardınıza koymayın. Bugünü alışma günü ilan ediyorum.

Eğer sen de ediyorsan bütün sosyal ağlarına şunu yaz:

BUGÜN ALIŞMA GÜNÜ!

Bırak, her şey üstüne gelsin, sen sadece gülümse onlara.

Bırak daha çok gelsinler. Çünkü sen de biliyorsun. İstersen eğer her şeyin üstesinden gelebilirsin.

Benim gibi düşünüyorsan. Bunu okuyunca bunu da yazmayı unutma. Ben, her gün tüm sosyal ağlarda o gün kimlerin alıştığını araştıracağım ve şayet denk gelirsek sen bana ulaşmadan ben sana ulaşmış olacağım. Unutma!

BUGÜN ALIŞMA GÜNÜ...

Devam edin üstümüze gelmeye, sorun yok.

Biz alışığız.

Biz alıştık...

Doğru İnsan

Doğru insan sen misin? Bunu gerçekten çok merak ediyorum. Yani ya doğru insan sensen ve ben seni hayvan herifin teki olduğum için kaybettiysem? Ya da sen doğru insan değilsen ve ben senin için bu kadar gözyaşını boşuna döktüysem? Ne olacak? Kaderi çok düşündüm.

Keşke bir ayna olsa... Ona baksak... Orada evleneceğimiz, gerçekten âşık olacağımız kişiyi görsek? Hiç deneme yanılma olmadan. Evet, o sensin desek? Biz de bu kadar üzülmesek?

Bence harika olurdu. Ama maalesef bunu yaşayacağız. Biz seveceğiz, "Doğru insan, bu!" diyeceğiz, sonuna kadar inanacağız ve sonunda ne mi olacak? Tabii ki de hüsran? Ne bekliyordun? Mutlu son mu? Mutlu sonlar sadece filmlerde olur. Ama hayatta mutlu olmak diye bir şey yok, çok üzgünüm.

En iyisi biz çocuk olalım. İlk aşkını hatırlıyor musun? Ona duyduğun sevgi, annene duyduğunla aynı değil miydi? O düşünce senin için cız etmez miydi? Sen pamuk şeker yerken en çok ona vermek istemez miydin? Anne camdan bağırınca "Hadi eve!" diye, o salıncaktan inmek sanki altıncı kattan aşağı atlamakla aynı değil miydi?

Bundan galiba dört gün önce bir kadınla tanıştım. Karşıma oturdu. İçeri girer girmez beynimde Vivaldi çaldı resmen. Anlık olarak dedim ki: "Âşık oldun oğlum şu anda, geçmiş olsun!" Ve kendimi, hayatımı anlatmaya başladım. Ama o kadar çok anlattım ki... Sıkıldı mı sıkılmadı mı bilmiyorum bile. Sadece anlattım, ben anlattıkça kadın dinledi ve bana gülümsedi. İşin boktan yanı ben gülümsemesi için elimden geleni yaptım çünkü gülümsemesiyle beni başka bir dünyaya itebilir, elimden tutup beni uçurumdan aşağıya atabilirdi...

Ne mi oldu?

HİÇBİR ŞEY...

Kocaman bir hiç...

Çünkü kadın, sadece benim anlattıklarıma güldü; bense onu parmak uçlarına kadar incelemiş, acaba parmağı kaç numaradır, diye kafamda yüzük beğeniyordum. Komik değil mi? Mesela o ayna olsaydı ben onun olmadığını bilecektim ve bu kadar bir anda sevinip bir anda çökmeyecektim.

Yine mi?

YİNE!

Olsun...

Zaten şansın bana gülme ihtimali çok düşük olduğundan fazla kaptırmadım kendimi. Arkama yaslandım, sakin ol dedim. O Vivaldi şarkısını açtım, biraz dinledim, sonra kapadım.

O, hiç oralara girmeyelim, dedi.

Ben, nerelere girmeyelim diyecekken jeton sonradan düşmüştü...

Doğru insanı bulmak zor.

Bulunca kaybetme.

Sonra oralara girip, bir yerlerden çıkmak zorunda kalıyorsun.

Dost

İnsanın en yakın dostu yalnızlığıdır. En çok onunla konuşursun. Onunla dertleşir, ona sarılırsın.

Dostunu iyi seç, derler. Ben yalnızlığı seçtim. İnancım kalmadı ki... Kime güveneyim? Sevgilime mi? En ihtiyaç duyduğum anda beni terk eden sevgilime mi? Arkadaşlarıma mı? Hani şu yere düştüğümde bana gülen arkadaşlarıma mı? Hayır. Bunu kabul etmiyorum. Ben, en iyi dostumu buldum.

Yalnızlık.

O, beni hiç terk etmez.

O, hep benimle konuşur.

Sen hiç duydun mu "Yalnızlığım beni terk etti.", "Yalnızlık beni aldattı.", "Yalnızlık beni arkamdan vurdu." diyeni?

Hiç duydun mu? Duyamazsın...

Çünkü yalnızlık senin en yakın dostun, ailen ve "İLK AŞK"ındır.

Anne karnında yalnız olduğun gibi ölürken de yalnız öleceksin.

Ben günlerce hiç konuşmadığımı bilirim.

Sigaranı dökecek bir kül tablan bile yokken herkesin yanında olmasını nasıl beklerki insan?

Eskidendi o aşklar, sevgiler, tutkular... Hepsi eskide kaldı. Artık kimin kimden çıkarı varsa o onunla beraber. Gerek sevgi gerek para, adını sen koy...

Kahpe bu dünya sevgilim! Kimseye güvenme.

Beni terk ettin ya hani. Kime gidersen git hatta nereye gidersen git, seni kullanacaklar.

Sen, yalnızlığı en yakın dostu bilmiş bir adamı elinin tersiyle ittin.

Canın sağ olsun.

Ben yalnızlığımla sensiz yaşamayı öğrendim. O öğretti bana, yalnızlık. Sensiz nefes almayı, kimseye güvenmemeyi, duygularını göstermemeyi, evde tek başınayken hiç konuşmamayı, hepsini... Bir şey hayal etmeni istiyorum.

Evdesin. Evde saat sesi dahi yok. Sanki durmuş zaman. Salonun tam ortasında oturmuş bir kadeh şarabın ve halıya serdiğin hayallerin var.

Ya bu şekilde yalnızlığınla içeceksin. Ya da güvenmediğin biriyle bir ömür geçireceksin.

Sence hangisi?

Ben yalnızlığı seçtim. Hayallerim, ben ve biraz da şarabım var. Sessizlik...

"Hiç âşık olmadan nasıl geçecek?" diyorlar. Bu soruyu aslında kendine sorman gerek.

Bu zamana kadar âşık oldun elbet.

Peki, şu an yanında mı? Ellerini tutuyor mu? Tutuyorsa sorun yok.

Ama tutmuyorsa ve sen onun yokluğu için üzülüyorsan.

Boşver...

Bırak gitsin. Yalnızlık en iyi dosttur, bunu unutma.

Bir de Saffet var tabii. Çok konuşmaz o ama olsun.

En Kötü Huyum

Arkana bakmadan yürüdün mü hiç? Hatıralarını arkanda bırakıp her şeye kafa tutup yürümekten bahsediyorum. Ben bu sabah öyle yaptım. Beni aldatmış. Bana ne? Arkamdan konuşmuş. Yaa, öyle mi? Bana tuzak kuracakmış. Tabii, evdeyim beklerim...

Artık her şeyi bir kenara attım, saatlerce düşündüm, nefretimi kustum. Saffet'e uğradım, o da fazla konuşkan bir tip değildir, aranızda belki tanıyanlar vardır. Garip bir adamdır. Neyse...

Bazı insanlar, buna ben de dâhil olmak üzere yalnız kalmaya gelemiyoruz.

Bu benim en büyük itirafım diyebilirim. Yani illa ki hayatımda biri olacak, ben birine sarılıp uyuyacağım, her sabah onu öpeceğim.

Ama son zamanlarda şunu fark ettim. Beni o insanlar öldürüyormuş, ben onlar yüzünden bu hale gelmişim.

Sanıyordum ki her şey daha güzel olacak.

Ben kendimi bozuk para gibi harcamışım haberim yok...

Öyle bakma.

Bayağı...

Harcamışlar beni.

Sömürmüşler bütün duygularımı, hiç sevmemişler. Ulan sevgiyi bırak, onlar kaşıma gözüme bile bakmamış ki...

Onlar maddiyata, şöhrete, bunlardan ne kadar faydalanabileceklerine bakmışlar. Yani senin anlayacağın arkadaş, ben onlara basamak olmuşum, onlar beni çiğneyip tırmanmışlar, ben de olduğum yerde kalıp onların gidişini seyretmişim.

Gitsinler...

Ben gitmesinler, demiyorum. Tabii ki gidebilirler.

Ama geri dönmesinler...

Neden mi?

Çünkü ben aptalım...

İnanırım hemen...

Gel derim; tamam, affettim. Gel, elini tutayım derim. Gel, saçlarını yeniden tarayayım, kucağıma yatırayım, kimse görmesin; gel, gözyaşlarını sileyim, üzülme sen derim...

İnanırım aşkına, sevgisine, yalan olan her şeyine.

En kötü huyum, inanmak. Merhamet etmek...

Kötü olan ne varsa bende yani senin anlayacağın.

Bu devirde öyle her şeye inanmayacaksın arkadaş, kimse için ağlamayacaksın. Gün gelir senin gözyaşında yüzer bunlar.

Öyle bıçakları vardır ki kasapta bulunmaz cinsten, insanın kalbini sökerler, sırf keyif olsun diye.

Sonra da pis pis gülerler...

Gülsünler, gün gelecek arkadaş. O gün gelince biz de güleceğiz, sabret...

Hayat kısa, hepimiz için kısa, onlar için de...

Bu yüzden arkama bakmadan yürüdüm bugün.

Senin gücün yoksa senin için de yürürüm problem değil...

Gerçekler Acıdır

Herkes gülerken ben neden gülemiyorum? Yani komik bir şey oluyor da dünyada, ben mi es geçiyorum? Yani, ben nereye baksam insanlar gülüyor; kaldır kafanı bak, hiç yoksa on kişiden altısı gülüyor da ben neden gülemiyorum? Ulan diğer dördü benden diyorum, kafamı tekrar kaldırdığımda bu sefer de onlar gülmeye başlıyor.

Hayat bana oyun oynuyor ve ben çığlık atarcasına bağırmak istiyorum.

Bu kadar komik bir şey varsa bana da söyleyin ben de güleyim!

İnsanlar "Ya, sen ne kadar suratsızsın!" diyorlar.

Ne yapsaydım zorla mı gülseydim? Hayatın tadını çıkar, diyorlar. Nasıl çıkartayım? Birisi var, hastanede nefes almak için can çekişiyor. Birisi var, eşini dün toprağa gömmüş; birisi var, öyle sarhoş olmuş ki evdeki çocuklarını unutmuş.

Hayatın tadını çıkar!

Tadı sizin olsun, ben acısını çekerim.

Ben bir şey diyeyim mi? Bence siz çok gülüyorsunuz. Ne var yani bu kadar gülecek? Herkese olmuştur. İnsanlar gülerken sen mutsuzsundur. Bugün çok gerçekçiyim.

Ve eminim senin de başına gelmiştir. Dünyadaki tüm dertlerin senin olduğu gün, hatırla o günü.

Nereye baksan acı görürsün. Sana şey derler: Bu, bugün tersinden kalkmış...

Yok, aslında dümdüz uyandı. Gerçeklere günaydın dedi. Bu sabah, "Ya, gülüyorum da neye gülüyorum?" dedi. Bu kadar dert varken, insanlar ölürken, yaşam mücadelesi verirken; o, dün ben telefonumu değiştireceğim kavgası verdiği ve ne kadar anlamsız olduğu gerçeğiyle uyandı.

Aslında herkesin yalan olduğunu, tüm dost dediği insanların aslında ondan bir çıkarının var olduğu bilinciyle günaydın dedi size.

E sizde bir zahmet üstüne gitmeyin!

Ya da eğer siz de uyandıysanız böyle, yani elbet olacaktır bu, şey deyin:

Ya kardeş, bir salın beni...

Bırakın, salsınlar. Bırakın, o gün sadece kötülükleri düşünün. Kötüyü düşünmek de bir şeydir. Hep iyi olmaz.

Gerçeklere merhaba deyin. Sevgilinin hiç seni sevmediği gerçeğini karşına alıp...

Ulan sen beni sevmiyorsun ya, ben seni deliler gibi seviyorum, deyin.

Hatta ellerini tutun, gözlerinin içine bakın.

Keşke ben de seni sevmeseydim senin beni sevmediğin kadar...

Deyin. Çünkü bazen gerçekler acıdır.

Giden Geri Gelmiyorsa

Giden geri gelmiyorsa sen başkasına gideceksin.

Beklemek için artık çok geç değil mi? Çok beklemedik mi sence de gideni? Ben en çok gidince mutlu oluyorlar mı onu merak ediyorum. İnsan sevdiğinden gider mi hiç? Gitmez. Ben gidemem arkadaş, öylece otursun yanımda, hiçbir yere kımıldamasın isterim. Ama giden geri gelmiyorsa? Ne yapacağım? Bir pencerenin önüne oturup sonsuza dek öylece bekleyeyim mi? Size bir sır vereyim mi? Ben çok bekledim. Öyle bir çoktu ki o...

Tüm dünya yanıyor, deselerdi bana; o pencerenin önünden kalkamam, derdim.

Her şeyini elinden alıyorlar, kalk bir şeyler yap deseler zaten o gidince her şeyim gitti, derdim.

Derdim de derdim arkadaş.

Ama benim derdim onun gitmesi de değil şimdi.

Benim derdim ben kime gideceğim? Kime sarılacağım ona sarıldığım gibi, kimi öpüp kimi seveceğim?

Artık güçlü olmayı öğrendim, başım dik durmayı da. Ve biliyor musunuz, o pencerenin önünden kalkmayı da öğrendim. Gülümsemeyi, aynanın karşısına geçince "Bugün iyisin be oğlum, daha güçlüsün!" demeyi öğrendim.

Aslında herkesin hayatından bir gün birinin gitmesi gerek. Bu acıyı da bilmek gerek. Neden?

Çünkü ben artık ne kendim için üzüleceğim,

Ne senin için üzüleceğim,

Ne de onun için üzüleceğim...

Gidenin arkasına bakmaktan gözlerim kör, ruhum kimsesiz kaldı.

Bırakalım da giden gitsin artık, bizden sessizce uzaklaşsın. Bakmasın arkasına, alsın tüm hayallerimizi, sokaklara kâğıt saçar gibi savursun. Bize iyilik yapsın.

Biz sevmek için doğduk. Onlar gitmek için...

Dünyada herkes görevini yapsın. Biz sevelim. Biri

gidiyorsa hak ettiği kadar bekleyelim. Sıkılırsan ara beni, istersen beraber de bekleriz problem değil. Otururuz karşılıklı, bir kahve yaparız kendimize.

Bakarız camdan uzaklara. Benden sıkılırsan giderim de sorun değil. Yeter ki sen iyi ol. Bu zamana kadar en çok neyi öğrendim, biliyor musun?

Giden geri gelmiyor.

Bağırsan da gelmiyor,

Çağırsan da gelmiyor,

Ölsen de gelmiyor...

Şimdi diyeceksin ki o zaman ne yapacağız?

GİDEN GERİ GELMİYORSA SEN BAŞKASINA GİDECEKSİN!

Elbet senin de yüzünü avuçlarının arasına alıp seni seviyorum diyen olacak.

O insanı sakın kaçırma!

Ben kaçırdım çünkü.

Güvendiğim Dağ

İnsan diyor ki öylece bakışalım sabaha kadar, ne o benim gözlerimden bir saniye ayrılsın ne ben onun gözlerinden ayrılayım. Sonra ne oluyor? Güvendiğin dağlara kar yağıyor.

Hiç gitmez, dediğin gidiyor.

Benden başkasına bakmaz, dediğin senden başka her şeye bakıyor.

Sensiz ölürüm diyen, yarın bensiz yaşa, diyor.

Madem sevmeyeceksin neden benim canımı yaktın be!

Neden sana güvenmeme izin verdin?

Neden düştüğümde beni kaldırmak için elini uzattın?

Daha sert düşürmek için galiba. Nitekim başardın da. Teşekkürler, yere öyle sert düştüm ki inan, kendim kalkmayı bırak, artık başkası da gelse kaldıramaz beni, diyorum.

En çok bundan korkuyorum aslında. Başkası beni kaldırmayı başarabilirse? İnsan bundan korkar mı? Ne güzel ayağa kaldıracak diyorsun tabii içinden.

Sorun şurada başlıyor. Ya o beni daha sert düşürmek için geldiyse? O zaman bırak beni değil mi, hiç gelme.

Bırak da yatayım o yerde.

Beni yere daha sert düşürmek için neden geliyorsun?

Bazı insanlar bundan keyif alırlar. Hayattan aldıkları darbeleri insanların canını yakmak için kullanırlar.

Yapmayın! Bazı insanlar için siz güvenilen bir dağsınız, eteklerinizde oturup nasıl korunacaklar?

Onu bırak, sana bakıp şu asalete bak nasıl diyecekler?

Ellerimi bağlamışlardı.

Ruhumu yakmışlardı.

Bedenimi boğmuşlardı benim en derinde.

Sonra bir kadın çıkıyor, diyor ki "Bana güven!". Kurban olduğum sana nasıl güveneyim ben?

Sen güvenir miydin? Hep hüsran yaşadığın bu dünyada ellerimi nasıl tutabilirdin? Benim artık gücüm kalmadı sevgilim. Çok yoruldum. Düşmekten de kocaman bir dağa bakmaktan da çok yoruldum sevgilim.

Yalnızlık, en çok bana yakışıyor. Hem ben bu yeri bayağı sevdim. Hiç değilse en dipteyim. Daha ne kadar düşebilirim, artık kim benim canımı yakabilir?

Kimse...

Siz, siz olun ama siz, ben olmayın.

Yalan söyledim. Bu yer çok kötü. Soğuk, kimse yok. Tek duyduğunuz kendiniz. Tek seveceğiniz de kendiniz. Elinizdeki en güzel şeyi kaybetmeyin, kaybetmek için uğraşmayın. Ne mi o? Güven.

Sevgi zamanla olur. Ama güven asla.

Hiç mi Sevmedin?

Sensiz bir günümü anlatmamı ister misin?

Merhaba sevgilim, uyandım. Kalktım, baktım gene sen yoksun. Ne tesadüf, gülümsedim. Geçtim aynanın karşısına, öylece baktım kendime. Birkaç şaka yaptım, sana kız mı yok falan, anlarsın erkeklik gururu işte. Oturdum benim şu ünlü pencerenin önüne, yaktım hemen bir sigara. Çektim içime, oh be dedim, oh be, iyi ki yok, iyi ki yalnızım. Hemen kalktım, hazırlandım. Malum, boxerla sokağa çıkacak halim yok. Neyse, dışarı çıktım. Hep gittiğimiz yere gittim, güzel bir kahvaltı söyledim. Onu güzelce yedim. Senin olmadığından mıdır nedir, tadı o kadar güzel geldi ki sana anlatamam. Beni görenler adam ne güzel yemek yiyor, der; o derece...

Hesabı ödedim, kalktım.

Dedim, dur şununla hep gittiğimiz banka gidip oturayım. Ne de olsa sensizliği kutluyorum. Ama hava nasıl biliyor musun? Sanki sen yoksun diye güneş açmış, hava da kutluyor anlayacağın senin yokluğunu.

Oturdum.

Martılar seni sormuyor, onlar da unutmuş seni. Yan bankta bir çift var, baktım kavga ediyorlar. Onlara gülümsedim, ah dedim gençler, herkes gitti o da gidecek, o da bitecek.

Bitecek de kavgalarından rahat oturamadım ki. Dedim, hadi bir gayret eve git, hiç sinirini bozma.

Yürüdüğümüz sokaklardan geçtim gülümseyerek. Bu sefer hiç ağlamadım ama biliyor musun?

Senin sevdiğin pamuk şekerden aldım. Bu zamana kadar hiç denememiştim. Tadı güzelmiş.

Ben de diyorum neden bunu yedikten sonra bana seni seviyorum, diyordu bu kız? Gülümsedim.

Çünkü yalandı, kabul et sen de.

Sen beni hiç sevmedin.

Sordum, beni neden sevmedin?

De...

Hiç mi sevmedin?

Zor sorular sormak. Ne de zormuş anladım şimdi. Ama artık sensizliği kutluyorum. Hem de her gün...

Herkese gülümsüyorum, hatta kahkaha atıyorum. Görsen beni deli bu adam, dersin; bensizlikten delirmiş.

İnsanlar "Oğlum, bir günde nasıl unuttun?" dediklerinde o, öyle bir kızmış işte diyorum, bir günde unutulacak bir kızmış. Sevinç kahkahaları atıyorum!

Neyse eve geldim. Baktım annem salonda oturuyor, seni seviyorum dedim anneme. Biliyorsun hiç öyle kelimeler çıkmaz ağzımdan, yanıma geldi.

Ne oluyor, dedi.

Bir şey yok, dedim.

Ne oluyor oğlum?

Bir şey yok, anne!

Oğlum ne oluyor diyorum?

Bir şey yok, dedim anne.

Oğlum delirtme beni, söylesene!

Unuttum anne, bir şey yok!

Bugün benden gidişinin beşinci yılı, unuttum anne!

Bu sabah uyandım ve unutmuşum anne...

Diye bağırıyordum, yani son hatırladıklarım bunlar. Sonra bilmiyorum.

Yukarıda anlattıklarım da yalan. Bir bok yapmadım, sabah uyandım ve akşama kadar yataktaydım.

Annem içeri girdi, uyan artık, diye söylenince kavga ettik. O da evine gitti.

Ne diyeyim ki daha?

Tamam beni sevmediğini biliyorum da...

Hiç mi sevmedin?

Hoşçakal Sevgilim

Seni unutmak ne zormuş be sevgilim. Çok denedim, olmadı. Ben de bıraktım her şeyi kendi haline. Sustum.

Oturdum.

Bir Türk kahvesi yaptım.

Seni özledim.

Öylesine...

Senin gelmeyeceğini adım gibi bilsem de çabaladım sevgilim. Unutmaya çalıştım.

Bu arada...

Dışarıda yağmur yağıyor, sisli bir hava ve soğuk. İçim yangın yeri...

Biraz sen, biraz ben, biraz kahve yuvarlanıp gidiyoruz işte.

Seni anlatmaya yirmi dokuz harf yetmiyorken ben, seni unutmayı nasıl anlatabilirim?

Biz seninle karşı karşıya oturup hiç konuşmadan saatler geçirmedik mi?

Biz seninle yağmur yağdığında Allah baba bizi hiç ayırmasın demedik mi?

Dememişiz demek ki. Hiç konuşmamışız biz bunları sevgilim.

Sen beni öylesine sevmişsin.

Sen gelişine vurmuş, artık gol olursa demişsin.

Derken de beni hiç düşünmemişsin sevgilim.

Hani bir Türk filmi var ya. Sadri Alışık, yüce üstat, diyor ya.

Bu da mı gol değil?

Değilmiş sevgilim. Tabi senin için...

Ama senin yokluğun bana atılan en büyük gol oldu biliyor musun? Artık huzuru kahve fallarında arıyorum. Her kapattığımda kahvemi, acaba çıkacak mı diyorum? Bu sefer onun adını, soyadını, bari baş harfini, ulan o da mı olmadı, bari seni anımsatan papatya figürü bir şey yani, yok mu diyorum.

Yok, diyorlar sevgilim.

Başımdan aşağı kaynar sular dökülüyor her gece. Ben bir sahil kenarına gittiğim zaman deniz de eskisi gibi kokmuyor. Ya da orada yediğimiz simidin de artık eski tadı yok. Hayatımdaki en büyük keşkem sen oluyorsun. Bari giderken bir elveda deseydi diyorum.

Son kez sarılsaydım, koklasaydım, öpseydim diyorum.

Ben sen gittikten sonra çok şey diyorum biliyor musun?

Kimileri boş konuşuyorsun diyor. Ama sen benim o saçma sapan konuşmamı sevmiştin. Sen benim sabah uyandığımda dakikalarca boş bakışımı sevmiştin. Yani hiç değilse ben öyle biliyordum.

Ama sevmemişsin sevgilim. Sen benim hiçbir şeyimi sevmemişsin...

Şimdi neredeysen gökyüzüne bak olur mu? Çünkü sen en çok yıldızlara bakmayı severdin.

Şimdi de diyorsun ki artık gökyüzüne bakma. Bakarsan beni hatırlarsın.

Ben toprağa baksam ne fark eder ki?

Biz beraber öleceğiz dedik sevgilim...

Biz beraber ölmediysek ne gecelerin anlamı var ne toprağın ne yıldızların ne de içtiğim kahvenin.

Hoşçakal sevgilim. Hoşçakal...

”

Afiyet olsun.
Mutlu son, diye bir şey yok.
Sen ne yaparsan yap...
Sende “o” ne kadar varsa
Onda da sen o kadar
olmayacaksın.
Çünkü o seni...
Senin onu sevdiğin kadar
sevmedi...
Eskide kaldı büyük aşklar
onları bizim dedelerimiz
babaannelerimiz yaşadı...
Sana kim seni seviyorum...
seni özledim diyorsa
İnanma...
Sen onu düşünürken o seni
düşünmüyorsa...
Sen hayal kurarken o bunları
görmüyorsa...
Zorla mı?
Zorla değil ya...
Demek ki
Biz bir mahallenin yan yana
Duran...
Ama...
Ayrı yanan ışıklarıyız.
Kaderimiz böyleymiş...

Hüznün Yerini Sevgiye Bırak

Bu hayatta en yakışıklı adamın da en güzel kadının da içinde bir yerlerde hüzün vardır.

Çirkin üzülüyor, güzeller üzülmüyor mu? Yok öyle bir şey...

Onun çok parası var, o üzülmez diyorlar.

Yalan...

Herkesin içinde bir yerlerde ufacık da olsa hüzün var, kimisinin sevgilisi terk etmiş, kimisi aldatılmış, kimisinin eşi ölmüş, kimisinin evladı.

Benim için asıl hüzün ne biliyor musun?

Beni daha tanımadan yargılıyorlar. Mesela benim çok dövmem var. Sigara içerim. E özel günlerde alkol da alıyoruz, hangimiz almıyor ki?

Buraya kadar her şey normal. Normal de...

Neden benim seveceğime inanmıyorlar. Benim de kalbim var. Ben de insanım.

Eskiden yaptığım hatalar galiba. Kendi kişiliğimi kaybettiğim anlar oldu.

Kişiliği bırak, kendimi kaybettiğim anlar oldu.

Ve kimse beni bulmak için hiçbir şey yapmadı. Ben, o karanlıktan kendim çıktım.

Alnımın teriyle, tırnaklarımla kazıya kazıya geldim buralara kadar.

Ve sonra ne oldu?

Âşık oldum. Sevdiğim kadını bırak, bana kimse inanmadı. Benim âşık olma lüksüm yok mu?

Halbuki ben o kadar güzel severim ki görenler mecnun geri gelmiş derler.

Ben sevdiğim kadının parmak uçlarını öperim. Her sarıldığımda bir daha sarılmayacakmış gibi sarılır, elini her tuttuğumda şu an ölecekmişim, o eli son tutuşummuş gibi tutarım.

Peki, ben böyle bir adamsam neden insanlar benim sevebileceğime inanmıyor?

Artık ben de onlara inanmaya başladım. Kime seni seviyorum dersem o benden gidiyor.

Dememek gerek galiba. İnsanların gözünde korkuyu görüyorum. Sevilmekten korkar olmuşlar.

Ama benim kötü bir huyum var. İnat. Ben herkese, her şeye inat seveceğim. Elbet benim gibi düşünen biri olacak. Elbet birisi benim elimi tutacak, bana sarılacak, beni sevecek. Ve o zaman geldiğinde bana inanmayan insanlar utanacaklar.

Eğer sana da inanmıyorlarsa en iyisi boş vermek. Gün gelecek. Herkesin sana inandığı bir an olacak. O an geldiğinde beni hatırla olur mu?

Çünkü iyilik kazanacak.

İnanıyorum.

Herkesin içinde bir hüzün var.

Ama elbet mutlu ölecek herkes.

Mutluluk bir şiir gibidir.

Kafiyeleri hayat, öznesi çikolata gibi...

Şayet bir gün karşına o insan çıkarsa ve inanmıyorsa sevgine.

Savaşmayı bırakma, sevgi için savaş.

Mutluluk için savaş.

Hüznün yerini sevgiye bırak...

İlk Aşk

Kim bilir ne yapıyordur şimdi? Kiminledir? Neredेdir? Kim mi?

İlk aşkım.

Çocukken çok utanırdım ben bu aşk işlerinden. O, sınıfın en güzel kızıydı; bense sınıfın en çirkin adamı. Yani ihtimali yoktu yan yana gelmemizin. Ben onu hep uzaktan izledim. Çok güzel dişleri vardı, gülünce nefes alamazdın. Hem güzel hem de çalışkandı, yani hiçbir şekilde şansım yoktu.

Biz aynı mahallede büyüdük. O zamanlar voleybola merak sarmış bu, sürekli evinin bahçesinde arkadaşlarıyla oynuyor. Bense tam serseri, elimde boncuklu tabanca, ona buna ateş ediyorum.

O küçük boncukları bilirsiniz, bir yerinize gelirse acayip can yakar, fenadır.

Neyse ben millete ateş ediyorum; abiler, amcalar beni kovalıyor, ben oradan oraya atlıyorum. Öyle geçti benim çocukluğum.

Az dayak yemedim mahalledeki abilerden. Top oynarlardı, beni aralarına almazlardı. Saklambaç aktivitelerine asla katılamadım mesela.

Bayağı itilen çocuktum, tipimden midir nedir?

Annem bile derdi, oğlum ne tipsiz oldun sen diye.

Neyse gelelim bizimkine.

Ben bir gün tam evlerinin önünden geçiyorum, bahçede mi diye.

Kocaman bir kamyon gördüm. Eşyalar yükleniyor.

Bir abi gördü beni orada, gel bakayım yanıma sen dedi, gittim

Yardım edersen iki milyon veririm dedi, o zaman tabi paradan sıfırlar atılmamış daha, öyle milyon. O zamanın parasıyla ben iki cips bir kola alıyordum, tamam dedim.

Neyse, onlar aşağıya kadar indiriyordu; ben de evin kapısından kamyona taşıyordum.

Sonra o geldi, aşağıya inmiş, ben de ilk defa bahçelerindeyim tabi heyecanlandım.

Gücümü göstereceğim ya, çünkü güçlüyüm havalarındayım.

Neyse, o arkadaşlarıyla voleybol oynamaya başladı; ben de eşya taşımaya devam ettim.

Abiler aşağıya indi, al bakalım paranı dediler. Hem para kazanmış hem de onu saatlerce görmüştüm.

Neyse, ailesi geldi.

Hiç unutmam şey dedi annesi:

-Yasemin, hadi kızım gidiyoruz!

Ben sadece izliyordum. Yasemin bana doğru gelmeye başladı. Kalbim yerinden çıkacak gibiydi. Yanıma geldi.

Ben gidiyorum, taşınıyoruz buradan, sana sarılayım, dedi.

Hayatımda hiçbir sarılma o kadar canımı yakmamıştı. Kendi ellerimle doldurmuştum o kamyonu, gitmesine yardım etmiştim resmen.

Sonra o, kamyona gitti; camından bana el salladı.

Gitti...

Eve doğru ağlayarak koştuğumu hatırlıyorum.

Elimdeki iki milyonu da sokağa attım.

Uzun süre atlatamamıştım.

Ne yapalım, çocukluk işte.

Umarım mutludur...

İyi Geceler Papatyam

Gece çökünce sana da bir şeyler oluyor mu? Bana çok oluyor. Bir sessizlik geliyor ilk önce, sonra kendimi pencerenin önünde buluyorum. Anılar geliyor aklıma.

En çok da o geliyor.

Ne var bu gecelerde?

Karanlık desem, ben gündüzleri de karanlığım zaten.

Ama gece olunca daha da bir karanlık oluyorum galiba.

Sesim kısılıyor.

Belki de bir paket sigara içiyorum pencerenin önünde.

Benim karanlığım sensin bunu anlıyorum. Çünkü sen geceleri daha çok severdin.

Yapardın kahveni, otururdun koltuğuna, bir kitap alır, okurdun. Arada benimle göz göze gelir, gülümserdin.

Şimdi ne gülümsemen var ne de o koltuğun.

Senden sonra attım o koltuğu, yerine saksı koydum.

Hani sen gittin ya, ben ölü kabul ettim seni, çiçek diktim bir nevi.

Güzel papatyalar diktim içine.

Artık ben onlara bakıp bakıp gülümsüyorum. Neden mi?

Benim nasıl hissettiğimi anlasınlar diye...

Ve bir şey itiraf edeyim mi? Onlara her baktığımda seni görüyorum kadın.

Zor olmuyor mu? Oluyor tabii. Yanlarına da yaklaşamıyorum. Çünkü sen papatya kokardın.

Ve ben ne zaman yanlarından geçip balkona çıksam gözyaşlarımı tutamıyorum.

Sonra hemen geçiyorum içeri. En zor olan da dediğim gibi geceleri oluyor.

Çünkü yatağıma yattığım zaman evin içi hep papatya kokuyor.

Ben çoğu gece kalkıp papatyaları öptüğümü hatırlıyorum. Merak da etme, biz kavga da etsek biliyorsun, iyi geceler dilemeden sana uyumazdım.

Ne kadar ağlasam da gözlerim dolu dolu onlara iyi geceler dileyip yatıyorum.

Öksüz bırakmıyorum asla onları.

Bugün farklı bir şey yaptım.

Yatağımı alıp salona serdim, hemen papatyaların yanına.

Geceleri uyanıp uyanıp onları kokladım.

Yokluğuna o kadar alışamadım ki artık bana tek teselli onlar oldu.

Şimdi kim koklayarak öpüyor seni?

En çok da bunu kıskanıyorum.

Ya da seni öperken kokluyor mu benim gibi?

Koklamadan uyuyor deme bana, çok ağırıma gider.

Eğer öyle uyuyorsa söyle ona, seni koklayarak öpsün benim yerime.

Ben buna da razıyım.

Şimdi sen neredesin bilmiyorum ama ben şu an papatyalarımın yanındayım.

Seni öptüm farz et, şu an papatyalarımın toprağını öptüm.

İyi geceler dünyanın en güzel kokusu.

İyi geceler yoluna kurban olduğum kadın.

İyi geceler papatyam...

Kadınlar Çok Güçlü

Bir kadının gelişini görürsünüz de gidişini göremezsiniz. O kadar hızlı olur ki gidişleri nasıl yaptı bunu, ne kadar güçlü, dersiniz içinizden. Erkekler genelde bağışlayıcıdır.

Ama kadınlar öyle değil. Tek bir hata yaparsan ipini çeker hemen.

Sen sadece, daha dün yanımdaydı, şimdi nerede, dersin.

Sahiden nasıl güçlü bu kadar kadınlar? Âşık oldukları halde nasıl bu kadar güçlü olup üstümüzü tek bir kalemle çizip atabiliyorlar bizi bir köşeye?

Ben onlar kadar güçlü değilim. Bazen yalan mı söylüyorlar, diye düşünüyorum.

Mesela ben. Bugün sevgilimle kavga etsem uyuyamam. Ama onlar, ne olursa olsun hemen uykuya dalabiliyorlar. Ben, sabaha kadar uyanmasını beklediğimi bilirim; sırf bir şeyleri düzeltmek için.

Ya da bir ihtimal daha var. Aslında onlar hiç sevmediler bizi...

Çünkü seven insan nasıl uyuyabilir ki, ya da nasıl gidebilir?

Tek bir hatada üstü çizilecek adam mıyım, diye düşünürsün. Galiba öyleyim.

Onlar kadar güçlü olmak çok isterdim.

Dedem, bir kadının gözyaşlarından kork, derdi.

Haklıymış.

Korkmam gerekiyormuş. Gidişini anlatamam. Ama gelişini çok iyi anlatabilirim.

Kadın... İlk önce seni seçer.

Yanına gelir.

Gülümser.

Bazen susar.

Ve ne olur biliyor musun?

Ona âşık olursun. O sende istemediği hareketleri düzeltir. Sen artık sen değilsindir. Onun istediği adamsındır. Neden?

Onu sevdiğin için.

Problem şurada başlar. Sen artık sen değilsindir. Seni sen yapan özellikler değişir. Başka bir adam olursun. Onu daha çok seversin.

Kendine âşık etmesi için bir şey yapmasına gerek yoktur.

Ben nasıl mı âşık oldum? Duşa girmiştim. Çıktım. Ve gömleğimi ütülemişti.

Benim gömleğimi kimse ütülemedi ki bu zamana kadar. Ne kadar basit değil mi?

Bence de çok basit. Ama ben hayatımda ilk defa değerli hissettim, neden?

İçimden şey dediğimi hatırlıyorum.

Vay be! Üstümü bu zamana kadar annem dahi ütülememişken bir kadın ütüledi.

O an yaşadığım duyguları hayatımın hiçbir evresinde yaşamadım ben.

Onu çok sevdim. Ama çok...

Sonra bir şey oldu ve gitti. Gidebildi.

Kadınlar çok güçlü.

Gelişlerini çok iyi görürüz, ama gidişlerini asla göremeyiz.

Kim Ne Yapsın Bizi?

Merak etme, kimse senin gibi sevemeyecek onu. Seni hep anacak. Diyecek ki:

O yüreği güzel insanı nasıl kaybettim ben?

Diyecek.

En kötüsü de şey...

O bunları derken sen onu çoktan unutmuş olacaksın.

Eğer unutmadıysan ve hala seviyorsan...

Boşver...

Sen deneme tahtası değilsin.

Dur bir tur atayım, sonra geleyim, hiç değilsin. Sen, onun için geceler boyu ağlamadın mı? Ha geldi ha gelecek diye oturmadın mı cam kenarlarında? Dur bakalım bugün arar, bugün aramazsa yarın kesin arar diye günlerini, hatta haftalarını harcamadın mı?

Yakma sigara. Şimdi yeri değil bekle. Daha bitmedi.

Sen kimseye, dokunmayı bırak, bakmadın! Neden? Onun için.

O ne yaptı?

Dedi mi acaba içinden, gideyim diye? Beni çok özlemiştir, belki de bana ihtiyacı vardır, dedi mi? Demedi.

Ben artık sıkıldım bu insanlardan.

Hangisi gerçek? Hanginiz gerçeksiniz?

Ben hak etmedim bunları, diye bağırmak istiyorum bazen.

Bakma, bazen atlıyorum motora, gidiyorum bir dağın tepesine, bağırıyorum da...

Eve geliyorum, gene yalnızım, hiçbir şey değişmiyor.

Kendime dostlar ediniyorum.

Ediniyorum da kimse görmüyor ki içimi.

Gülüyorum da yalandan gülüyorum. Hiç bilmiyormuş gibi yapma, sen de aynısını yapıyorsun.

Biz kimi seversek gidiyor. Sevmemek gerek, diyeceğim de kendim başarabiliyor muyum sanki?

Olmuyor.

Bir şarkı çalıyor, aklıma geliyor hemen. Yanımdan birisi geçiyor, lanet okuyorum, neden bu parfümü kullanıyor ki, diyorum. Bazen öyle bir uyanıyorum ki rüyalarımdan... Oymuşçasına sarılıyorum yastığıma.

Sorguluyorum, her şeyi, hem de her şeyi. Kafamda milyonlarca neden sorusu... Neden gitti? Ne yaptım ben? Hata bende mi?

Ve hepsinin cevabı kocaman bir HAYIR!

Sorun bende değildi. O sevmedi. Onlar sevmediler bizi. Ne yapsaydım, varsa formülü söyleyin.

Kendimi zorla sevdiremem ki...

Bazen utanıyorum bundan, sevilmediğim için utanıyorum. Kendime itiraf edemiyorum, sevilmiyorsun lan işte, diyemiyorum. Sanki desem bir şey değişecek. En son ne mi oluyor? Kabul ediyorum, beni kim ne yapsın, diyorum.

Sahiden ne yapsın beni? Ben olsam ben de beni sevmezdim. Sonuç olarak sürekli beni seven bir tip yanımda olsa ben de sevmezdim. Artık böyle diyorum arkadaş, böyle demek zorunda kalıyorum.

Kendimi avutmanın tek yolu bu!

Kim ne yapsın beni?

Ya da kim ne yapsın bizi?

”

Bavulunu ne kadar
toplarsan topla...
Onu boşalttığın gibi
boşaltamazsın beynini...

Yolcu olmak sorun değil.
Gitmesine gidersin de
Dönünce bulabilir misin terk
edip gittiğini?

Ben en çok yanlış duraktan
korkarım.
İndiğinde ne yol bilirsin
ne de iz...

Gerçi gidecek yerin yokken
nasıl kaybolabilirsin ki?

En iyisi bırakmak her şeyi...

Hem bir yere gitmek yerine
Kalırsam olduğum yerde...
Olduğum yer evim olur...
Olmaz mı?
Olmasın...

Karşılıksız Sevmek

Kalabalık arasında kayboldun mu hiç? Sahi ne kadar yalnızız değil mi? Şimdi bu kafede avazım çıktığı kadar bağırsam duyar mı sesimi? Duymaz.

Son zamanlarda şeyi fark ettin mi? Aslında herkes yalnız. Ama itiraf etmeliyim ki en çok ben yalnızım.

Baksana tutunacak bir dalım dahi kalmamış.

Yok olmuşum. Hiç olmuşum ben.

Üstümde ne kadar kir varsa bugün sevgiyle yıkamaya geldim.

Onun gidişi mesela... Olsun, canı sağ olsun, gitsin.

Babaannemin öldüğü gün mesela... Elimde olsa geri getirirdim de olmuyor işte.

Yani elden bir şey gelmiyorsa yalnızız demektir.

Artık elimden kalanlarla yetinmeliyim galiba. Sevmeyi öğrenmeliyim. Kural koymamalıyım

En çok da ne biliyor musun?

Karşılıksız sevmeliyim.

Hiçbir amaç gütmeden sevmeliyim. Hayallerime öyle bir sarılmalıyım ki... Âşıklar dönüp bakmalı.

Bir şiir yazmalıyım sevgilime. Her sabah çiçek koymalıyım yastığına. Deniz kenarına gidince artık derin derin nefes almalıyım.

Öyle bir gözüne bakmalıyım ki sevgilimin...

Allah'ım bu insan nereden çıktı, onu kaybetmemeliyim, demeli.

Demeli de...

Ben bunların hepsini yaptım. Hatta o kadar çok abarttım ki arkadaşlarımla ters düştüm. Ailem "Artık yeter, ne bu saçmalıkların?" dedi. Borç harç, aklına ne geliyorsa...

Ya arkadaş bir insan mutlu olsun diye insan hayallerinden vaz geçer mi? E geçtim işte! Kendimi attım bir kenara, dedim ki o mutlu olsun. Çünkü beni sevmese de fark etmez. Beni sevmese de olur. Çünkü ben onu karşılıksız sevdim.

Hem hangi insan sevilmek için sever ki?

Yani benim onu sevmem için onun beni mi sevmesi gerekiyor?

Ben onun yollarına güller dökerdim, sırf ağlamasın diye.

Nefes alsın diye tüm ciğerlerimi bağışlardım.

Bir gün daha yaşasın diye ben bugünümden vazgeçerdim.

Ben geçerdim de... O, bunun değerini bile bilmezdi. Onun için şey yapmak gerek galiba...

Şey...

Yapmamak...

Yapmayınca insan daha mutlu oluyormuş. Hem daha çok seviliyormuşsun. Çok ilginç değil mi?

Hiçbir şey yapmadan daha değerli oluyorsun. Buna şey diyorlar, seven bir şey bir şey...

Neyse, ağzımı bozmayacağım.

Yakışır mı yani bana şimdi ağzımı bozmak?

En çok da bana yakışır ya, boşver!

Neden Gittim?

Her giden illa ki gitmek zorunda mı? Mutlu olur mu giden? Giden mesela hiç mi sevmemiştir?

Örnek ben... Ben var ya, çok sevdim, her şeye karşı gelircesine sevdim. Ve ne oldu biliyor musun?

Ben de gittim. Hem de öyle bir gittim ki arkama bakmadan, koşa koşa gittim. Gitmem gerekiyordu.

Bu zamana kadar size mutluluk vermemiş birinden neden gitmemeliydim ki? Sabah uyanıyorsun, günaydın yok, sana sürekli güvensiz...

Neredesin?

Ne yapıyorsun?

Kimlesin?

Bu sorular güzel değil. İlk başta bu sorularla karşılaşınca kabul edin, herkesin hoşuna gider. Kendi kendine dersin, beni seviyor, kıskanıyor da öyle yapıyor. Evet, başlarda güzel, ya sonra? Günler geçmeye başlıyor. Hatta aylar...

Artık bana güven!

Demek istiyorsun. Hatta diyorsun da. Ya cevap? Sanki bir cansız varlıksın. Ne saygı var, ne sevgi? Gördüğün muamele salonundaki halıdan farksız...

Üstüne basıp geçiyorlar gıkın çıkmıyor. Eskiyorsun.

Siz siz olun, sizi eskitmeyen insanlarla olun. Sonra gidince gitti diyorlar. E göndermeseydin?

Tutsaydın ya elimden!

Bir daha yapmayacağım sevgilim.

Deseydin...

Bu da bir seçenekti. Sevgi kötü bir şey değil. Her zaman sevin. Hem de öyle bir sevin ki karşınıza ilk geçtiğindeki gülümsemesini unutmayın. Bazı anlar geliyor siz de gitmek istiyorsunuz değil mi?

Alıp başını gitmek...

Susarak gitmek hem de...

İşte ben o anlardan birini yaşadım. Çünkü sevdiğim kadın...

Bana şantaj yaptı. Gitmemem için şantaj yaptı. Şöyle düşünün; hayatınız boyunca çabalayıp didindiniz ve sonra sevdiğiniz, evleneceğim dediğiniz kadın, onu elinizden almaya çalıştı. Peki neden?

Sırf ego tatmini ve canınızı yakmak için...

Evet yandı. Hem de çok yandı.

Ve ne yapmalıydım, "Teşekkürler, iyi ki yaptın!" mı demeliydim? Ben de gittim. Uzaklaştım. Koşarak uzaklaştım hem de. Peki, özlüyor musun?

Özlüyorum. Hem de senin gibi özlüyorum. Sen nasıl özlüyorsan gideni, ben de özlüyorum. Ama seninle benim aramda minik de olsa bir fark var. Sen gideni özlüyorsun ya...

Ben geride bıraktığımı özlüyorum. Ve içimden sadece şunu diyorum:

Keşke yapmasaydın.

Keşke onları saklamasaydın.

Keşke görmeseydim.

Keşke öpmeseydim.

Keşke... Sevmeseydim.

Hoşça kal sevgilim! Ben gittim...

Öyle İşte Saffet

Hiç, birini sevmeden onunla oldun mu? Hem de yıllarca... Sırf o üzülmesin diye... Ben oldum.

Neden?

Bu soruyu çok sordum kendime, neden?

Bir ben miyim bu dünyayı mutlu etmeye çalışan? Galiba bendim.

Sevdiğim başkasıylaydı.

Ben de bir inat uğruna ömrümü başkasıyla geçirdim işte. Arkama bile bakmadan yürüdüm onunla.

Ben, ona sarıldığımda sevdiğimi hayal ettim. Onu öpüyor, onu kokluyordum. Aynı mahallenin ayrı yanan ışıklarıydık. O, sevdiğinin ellerini tutarken bense onu hayal ederek başkasının elini tutuyordum.

Öyle geceler oluyordu ki şeytan fısıldıyordu kulaklarıma:

Kalk git, çal kapısını!

Ulan ben evlendim!

Ama her zaman seni sevdim!

Onunla sevişirken bile seni hayal ettim!

Demek geçiyordu içimden de, yakışır mıydı bana be? Yakışmazdı...

Ben onu hep uzaktan izledim. Evime geldiğim zaman da başkasını mutlu ettim.

Sevmediğim birine defalarca doğum günü pastası yaptım ağlayarak.

Kokusunu dahi ezberleyemediğim birine seni seviyorum, dedim.

Neden?

Senin için... Çünkü ben başkasıyla olmasaydım sana gelirdim sevdiğim.

Bazıları diyor ki ulan gitseydin ya!

Gitmedim mi zannediyorsunuz?

Gittim.

Çıktım karşısına bundan kaç sene önce. Seviyorum,

dedim. Evlen benimle, dedim.

Kafasını eğdi.

Bizden olmaz, dedi.

Olur, sadece elimi tut, dedim.

Ben başkasına söz verdim, dedi.

Parmağındaki yüzüğü gösterdi.

Geç kalmışım arkadaş! Her şey için geç kalmışım.

Ben de aldım başımı gittim. Sonra öğrendim ki o da beni seviyormuş.

Söz verdi diye evlenmiş.

Ulan hangi kitap yazar, sevenler ayrı kalır diye?

Ben yazıyorum işte.

Sevenler ayrı kalıyor arkadaş! Şimdilerde birbirimizi görünce kafamızı öne eğiyoruz.

O yanımdan geçip gidiyor. Bense gidişini seyrediyorum. Sokakta sadece onun kokusu kalıyor.

Ben belki on dakika adım bile atamıyorum. Öylece kalıyorum bir başıma.

Kader mi? Kader işte ne yaparsın? Elini uzatsan orada! Ama uzatamıyorsun.

Bir mektup yazdım ona en son.

İçine sadece "Seni seviyorum, hiç de unutmayacağım!" yazdım.

Eline tutuşturdum manav çıkışında. İlk önce şaşırdı. Almak zorunda kaldı.

Sonra hemen gitti oradan. Daha okumadan da hemen sokağın başındaki çöpe attı.

O da haklıydı.

Biz, bir çift gözün ayrı akan yaşlarıydık.

Yani anlayacağın öyle Saffet...

Kalkalım artık, hadi hesabı iste. Söyle de yolluk versinler...

”

SAYDAM ŞİİR

Bana hayatı sorma, yoktu içecek bir çorbam.
Susup bende hayallerimi var ediyorum yoktan.
Düşler ülkesinde karanlıktan korkma,
Sen merak etme, çünkü benim düşlerim de boktan.

Kafamı karıştıran yâre selam olsun.
Ve bir de canla baş görünen sahte dosta doydum.
Hakkım helal olsun, sormuyorum sorgu,
Bu isyan değil çünkü Tanrı gelip önüme koydu.

Hatalarımı kabul edip önüme baktım.
Bu yolda tek istediğim benim, ün değil de saygı!
Bütün gördüklerimin gözlerinde kaygı,
Ne bekliyordu acaba, ah canım, günaydın!

Senden olmuyorsa ben de yüzüne bakmam.
Sen de bakma bence çünkü hepsi hayvan.
Değer bilene gülümserim, bugün kafam kaygan.
Hayallerim olana kadar artık hepsi saydam!

Sabrın Sonu Selamet

Kimseyi mutlu etmeye çalışma, benden tavsiye. İnsanlar mutlu oldukça bana zarar verdiler çünkü. Bilfiil canımı yakmaya çalıştılar yani.

Ne kadar iyilik yaparsan o kadar kötülük bulursun.

Kaybetmeye alışman gerek. Kimsesiz kalmaya, sessiz kalmaya, bazen durmaya, bazen de çığlık atmaya hazır ol. Ama en çok ağlamaya hazır ol. Çünkü ne kadar tutsan da kendini, gözlerin ağlamasa da için ağlayacak. Neden mi? Çünkü insanları mutlu etmeye çalışmak o kadar zor ki anlatamam sana. Sen seversin, sen çok seversin, o gider. Onlar gitmeye programlanmışlardır.

Sen, hep üstünde başkasının parmak izleri olan kişileri seversin.

Seveceksin. Mecbursun.

Hayat bize her zaman oyun oynar. Ben çıktım, oynamıyorum diyemezsin ki...

Bazen diyenler olur. Mesela benim öz amcam.

Çıktım, oynamıyorum, demiş.

Asmış kendini, kıymış canına...

Değer mi? Bilmem.

Ben de bu oyundan çıkmayı çok istedim, birkaç kere teşebbüsüm oldu mu? Olmuştur herhalde.

Ama her zaman hayat böyle geçmez, inanmak gerekir. Sabretmek gerekir.

Ölüm bir çözüm olsaydı gidenin arkasından kimse dua okumazdı.

Biz güçlü olacağız, sen ve ben! İkimiz! Bunu okuyan kişi; evet, sen, etrafına bakma, sana diyorum!

Sen ve ben güçlü olacağız, olmak zorundayız. Dün ne yediğimizi hatırlamıyorken yıllar önce yediğimiz kazıkları hala çıkaramadık. Hala aklımıza gelince boğazımız düğümleniyor.

İşte sen ve ben, bu yüzden güçlü olmak zorundayız. Bırakalım mı artık insanları mutlu etmeyi? Ne dersin?

İlk önce kendimizi düşünelim mi? Ne bileyim, mesela şimdi bir ayna bulalım ve kendimize sen iyi birisin diyelim. Senle ben iyilik yapmaktan üzülmedik mi zaten? Kocaman bir evet duyuyorum, keşke duymasaydım. Ama duyuyorum işte.

Ne kadar sabredersek o kadar selamet unutma.

Korkularımı yenmek için kendimi yendim ben. Senin kendini yenecek gücün var mı?

Eğer yok diyorsan gel, beraber yenelim korkularını.

Ben bir kadın sevdim. O, beni hiç sevmemişken.

Ben, beni sevmeyen bir kadına beni yalnız bırakma, dedim; o daha gözlerimin rengini bilmiyorken.

En güzel kelime ne biliyor musun?

Boşver...

Boşver işte...

Seni Sevmeyi Bilemedim

Sensiz geçen akşamlar var ya sevgilim! En çok onlar yoruyor beni.

Ne kadar yorulduğumu fark etsem de güçlü duracağım, diyorum. Neden biliyor musun?

Annem küçükken hep şey derdi.

Benim oğlum isterse yapar.

Seni unutmayı hiç bu kadar çok istememiştim sevgilim.

Yokluğun koskocaman bir deniz, bense dibinde bir kum tanesiyim.

Keşke sen bir rüzgâr olsaydın, bense bir martı. Sen, buraya esiyorum deseydin ben de peşinden gelseydim.

Olmaz mıydı? Olmazmış demek ki.

İnsan özlediğini ne kadar, ya da neye örnek gösterebilir ki?

Eskisi gibi çocuk olsam, dünyalar kadar desem inanır mısın?

Annemin elini tuttuğum gibi tutsam ya elini, giderken götürsen ya beni de?

Çok soru sordum değil mi? Eğme kafanı öyle lütfen. Seni sevdiğimden vallahi, başka bir şeyden değil.

Yoksa ben sana o kadar soru sorup seni üzer miyim? Üzmem. Ben seni hiç üzmem. Ama üzdüm değil mi? Üzdüm. Hatta ben senin kalbini çok kırdım be!

Bir daha söyleme şansım olmaz belki de.

Özür dilerim.

Anlamsız sinirlenmelerim, bir anda gitmelerim...

Sen de haklısın.

Ben olsam ben de giderdim zaten. Sonuç olarak sokaklarda büyümüş bir adama sevgiyi nasıl öğretebiliriz ki?

Öğrenemedim.

Öğretmediler...

Senden çok umutluydum ama sevgilim. Belki sen öğretirsin dedim. Halbuki sen de öğretmeye çok çalıştın, yalan yok. Annem bile sinirlendiğim zaman, "Hani benim oğlum istese yapardı? Bu benim oğlum değil! Artık oğlumu tanıyamaz oldum." diyor. Bazen öyle zaman geliyor ki ben de kendimi tanıyamıyorum. Öyle küfürler ediyorum ki kavga ettiğimizde, farkındayım. Haklısın, kim olsa giderdi. Benim gibi adamı neden çeksin değil mi? Ama bana da hak ver, ben ne anlarım sevmekten, sevilmekten. Bize sokakta bunu öğretmediler ki, bize dik durmayı öğrettiler. Yanındaki kadın senin namusundur, biri bakarsa o gözleri kör eti, sevdiğin kadının saçının teline zarar gelmesini öğrettiler. Öğrettiler de... İşte.

Sevmeyi, sevilmeyi öğretmediler.

Özür dilerim sevgilim, bilemedim.

Seni sevmeyi bilemedim ben.

Tek bir dilek hakkım olsaydı onu şöyle kullanırdım:

Allah'ım, onu çok üzdüm.

Beni seviyorsa şayet, şu an yüreğinden beni sök tez vakitte Ya Rabbim!

Âmin...

99

YALANCI AYNALAR

Yalancı aynalar... Yalandı aynalar.
Tıpkı çekip giden gibi doğrularımı aldılar.
Nereye baksam aynı ağaçlarda kargalar.
Ben bir deniz mavisiyim, uçmaz oldu martılar.

Düşünemiyorum artık, beynim cennet arıyor.
Bir fikir oluştuğunda cehennemde yanıyorum.
Sen Gobi Çölü'nde kaybolan bir çiçeksen,
Ben ne yapayım insanoğlu, Kerbela'da yürüyorum.

Gel de halime bak, ben akıllı değilim.
Neden, çünkü deliyim ulan, anlamıştır beynin.
Cebim bozuklarım, gel önümde eğil.
Fakat benim demir param senin kadar bozuk değil.

Dudaklarımdan döküldün bugün de.
Eğer günahsan gel de kapımı çal, bekliyorum evimde.
Gir içeri, bak bana neredeysem çıkarsan beni.
Ben söyleyeyim, nerede olduğumu, aynanın önünde.

Hislerimden kuvvetliydi annem.
Bana bir öl deseydi, ben bin ölürdüm, yakında var cenaze.
Ölürken içmek isterim, unutmak her şeyi.
Fakat bir türlü olmuyordu, mezarlıkta yok birahane.

Sevgi Kazanacak

Sen de yoruldun ama ha gayret! Elbet sevgi kazanacak.

Elbet yalnızlık bitecek.

Biliyorum, ondan sonrası yok, diyorsun içinden. O sondu, onun gibi gelmez, diyorsun içinden.

Gelecek.

Gelecek, merak etme. Hem de öyle bir gelecek ki seni senden daha çok sevecek. Onu gördüğün an ilk kelimen "Hoş geldim!" olacak. Ona öyle bir sarılacaksın ki. İçinden "Ya sen neredeydin bu zamana kadar?" diyeceksin. Gün gelecek mutluluktan ağlayacaksın.

Sen hiç mutluluktan ağladın mı? Ben ağladım. Öyle güzel geldi ki bana. Tutamadım kendimi. Kendi kendime ya bunun benle ne işi var, diye kaç gece düşündüm ben biliyor musun?

Bir insanın kokusu bu kadar mı güzel olur?

Bir insan birine bakınca cennete geldim der mi?

Der. Hem de öyle bir der ki!

Sesi kısılana kadar der.

Ben dedim. Sonra da kaybettim. Çünkü hayvan herifin tekiyim. Değer bilmedim.

Sen benim gibi olma.

O, akşam güneşiyse sen onun bir kadeh rakısı ol.

O, mevsimlerin en güzeliyse sen ona toprak ol, meyve ver.

Elindekinin değerini bil.

Şimdi ne mi yapıyorum? Uzaktan seyrediyorum. O, dünyaya gülücükler saçıyor. Kendi kendime bu insan sadece sana böyle gülerdi, bu gülücük sana özeldi, diyorum. O, otobüse binene kadar...

Sonra o, otobüse biniyor. Evine gidiyor.

Ben, o durakta kalıyorum. Ve içimden geçen tek dilek onun yarın sabah 08.30'da geri gelmesi oluyor.

Her sabah hiç işin yokken birisi için uyandın mı sen?

Sırf bir gülümsemeyi uzaktan görmek için? Ben çok

uyandım.

Uyanmaya da devam ediyorum.

Sevgi o kadar güzel bir şeymiş ki...

Allah'ın tüm günahlarını affetmesi gibi...

Ben bunu kaybedince anladım.

Umarım Allah ona hak ettiği birini verir.

Çünkü ben onun sadece bir sınavıydım.

O, bu sınavdan geçti ve benden gitti.

Ben, onun hayatındaki en büyük azabıydım galiba; bunun için özür dilerim sevgilim.

Seni üzdüğüm için.

Seni kırdığım için.

Seni kaybettiğim için.

Özür dilerim.

Bu arada geliyor. Saklanmam gerek.

Yine aynı gülümsemesini takmış suratına kurban olduğum...

He, bu arada herkese günaydın!

Tek Taş

Duydum ki benimle beraber başkası dokunmuş sana. Hoşuna gitti mi bari? İyi geldi mi?

E tabii ki iyi gelecek, yani o an herkese iyi gelir.

Ya sonra? Önemli olan sonrası...

Nasıl hissettin kendini? Sonuç olarak başka birinin parmak uçları dokundu tenine. Başka biri öptü.

Hiç mi iğrenmedin kendinden, hiç mi ağlamadın bizim için? Değdi mi, dedin mi?

Bana sorarsan değdi, demelisin. Hiç değilse buna mutlu olmalıyım.

Benim sevgilim bir şey yaptı ama arkasında da durdu, helal olsun, demeliyim.

Oh, iyi ki zevk aldı, demeliyim!

Umarım bütün acıları dinmiştir, demeliyim!

Başka birisi öptü ama olsun, tüm siniri geçmiştir, demeliyim!

Değil mi?

Öyle demeliyim. Yoksa benim canımın acısı daha nasıl geçer ki? Demek zorundayım sevgilim.

Senin bana bakacak yüzün yok ama ben hala senin güzel suratına âşığım.

Nasıl bırakıp gidebilirim seni? Nasıl mı giderim?

Böyle işte...

Böyle giderim sevgilim.

Seni en güzel şekilde hatırlayarak giderim. Tüm eşyalarımı toplamadan giderim.

Sana bugün aldığım hediyeyi de masanın üzerine bırakarak giderim.

Sevgilim...

Kadınım...

Şiirim...

Beni unutma, olur mu?

Çünkü ben bugünü hiç unutmayacağım.

Ben seni hep güzel hatırlayacağım. Her sabah bana "Ben sensiz ölürüm." diyen kadını hatırlayacağım.

- Ama o kadın bugün öldü. Peki, sen kimsin? Bu karşımda oturan kadın kim?

Bana sevgilimi, bana kadınımı geri ver! Ya sen kimsin?

Sen her kimsen benim kadınıma, bugün papatyalarını sulamış sevgilin, de.

Köpeği sabah gezdirmiş, bugün daha çıkarmana gerek yok, de

Ha, bir de de ki:

Yani aslında benden duysa daha iyi olurdu ama...

Sevgilin seni hiç unutmayacakmış her zaman da seni seviyormuş de...

Kadınıma...

- Ben diyemem.

- Öyle bir dersin ki sayın tanımadığım kadın. Sen diyemesen de o senin içinde bir yerlerde, biliyorum. O, illa ki duymuştur benim dediğimi. Çünkü benim sevgilim benim her dediğimi duyardı, beni çok sever, bana saygı duyar, bensiz yaşayamazdı. Kaderimiz böyleymiş. Ha, bu arada o masanın üzerindeki hediyeyi de ilet ona. Çünkü ona bugün evlilik teklif edecektim. Tek taş almıştım. Varsın benden bir hatıra kalsın.

-Eyvallah...

Yorgan

Avazım çıktığı kadar âşığım sana. Aşkın en güzel yeriydin sen.

Yağ ile bal.

Pekmezle tahin.

Sigarayla çay.

Ferhat ile Şirin gibi...

Ayrılmaz ya da ayrılamaz olabilirdik. Aslına bakacak olursak benim kavgam hayatla, seninle değil.

Ben, senin bir damla gözyaşının düşmesine neden olur muyum sence? Kıyar mıyım sana ben?

Sensiz uyuyabilir miyim? Ben sensiz yaşayabilir miyim?

Yaşarsın. Yaşıyorsun, görüyorum. Bu güzel cümleleri kuran sensin. Ama yaşayan da sensin. Hatta arkana bile bakmadan benden koşarak kaçan da sensin.

Madem gidecektin. Bu kadar yalanı söylemeseydin bari. Hani hayatta "ama"lar vardır; seni seviyorum, her şey çok güzel olacak ama...

İşte o "ama"dan sonrası ölüme koşmak, uçurumdan atlamak gibi.

O ama, sen daha iyilerine layıksın demek.

Ben madem daha iyilerine layığım, neden benimle oldun?

Hem geliyorsun dünyamı altüst ediyorsun hem de kalkıp üstüne seni seviyorum, sana âşığım diyerek yalan söylüyorsun.

Sen yalanı ne kadar seviyormuşsun be!

Yalanı sevdiğin kadar beni sevseydin her hayalimiz gerçek olurdu.

Çok isterdim gerçek olmasını. Kader mi? Kader işte...

Ağlarını ördü, ben de bir yerine takıldım. Aslına bakılacak olursa ben sana takıldım. Takılı kaldım.

Ne bir yere gidiyorum. Ne de birinin bana takılmasına izin veriyorum.

Kendime uzaktan bakıyorum da... Acınacak duruma gelmişim.

Sen başkasıyla mutlusun. Hatta biliyorum; bırak adımı anmayı, beni hatırlamıyorsun bile.

Sen gittikten sonra evdeki bütün resimlerimizi yırttım. Bana aldığın her şeyi çöpe attım.

Hatta uzun bir süre yorganın altından çıkamadım bile.

Çocukken babam bana kızdığında yorganın altına saklanırdım. Gelip beni bulmasın, dövmesin diye...

Her seferinde de bulur, döverdi.

Galiba yine aynı şey oluyor. Ben yorganın altında saklanıyorum. Ama tek fark...

Sen gelip beni bulmuyorsun.

Hayatımda hiç bu kadar bulunmak istemedim ben.

Ve öyle bir hale geldi ki... O yorgan sanki günden güne büyüyor. Ben onun altında kayboluyorum.

Gelip beni bulsana!

Beni bulmana çok ihtiyacım var.

Yoksa kaybolacağım ve seni bir daha görememekten o kadar çok korkuyorum ki...

Nefes dahi almıyorum burada...

Beni bul, olur mu?
Seni seviyorum...

Yoruldum

Yoruldum. İyi olmaktan, her gün birini mutlu etmeye çalışmaktan yoruldum.

Biri giderken birinin kalmasından yoruldum.

Tek kalanlara üzülmekten yoruldum.

Yorgunum anlayacağınız. Hiç bilmediğim bir yerde hiç bilmediğim sokakları gezdim bugün.

Esnafla çay içtim. Biraz bulutlara baktım, biraz seni andım.

Ama iyi andım. Ben en çok seni öpmeyi özlemişim mesela.

Sufle yerken ilk önce kaşığı üflemeni, ya da ilk zamanlarımızdaki gibi konuşmadan gözlerinin içine bakmayı özlemişim mesela.

Ben bayağı her şeyi özlemişim be!

Bunlar senin için ne anlam ifade ediyor bilmiyorum ama sen çok güzeldin.

Ben seninle güzeldim.

Senden sonra çok şey kaybettim ben. Ailemi, dostlarımı, arkadaşlarımı, her şeyi...

İnsan kendi kendini uçurumdan aşağı atar mı? Ben attım.

Sana git dediğim gün attım.

Sen gittikten sonra o kadar sert çarptım ki yere, ciğerlerim ağzıma geldi.

Hıçkıra hıçkıra ağladım...

Işıklar söndü karanlıkta kaldım. Ve düşündüğüm ilk şey neydi biliyor musun?

Benden sonra kim dokunacaktı sana?

Kim öpecek? Kim sevecekti seni?

Galiba bu soruları sormaya başladığımda anladım.

Neyi anladım?

Seni kaybettiğimi...

İnsan kaybetmek ne zormuş, kadın! Halbuki seni

elde edene kadar ben aylarca peşinden koştum.

Maaşımı alır almaz yanında bittiğim zamanları biliyorum.

Nasıl bu kadar kolay git diyebildim sana ben?

Ya ben git dedim de... Sen, neden gittin hemen?

İnsan git denince hemen gider mi? Bir dur. Sinirle söyledi, de kendine. O beni çok seviyor, biraz alttan alayım, de.

Desene!

Demen lazım çünkü ben çok yoruldum. Senin yokluğunla kavga etmek zor. Ve ne kadar kavga edersen et.

Kazanan hep senin yokluğun oluyor.

Ben kaybetmeye alıştım. Sen, beni yenmekten bıkmadın mı?

Düştüm işte. Sana düşüne vurmayı mı öğrettiler?

Eğer bundan zevk alıyorsan devam et. Ben senin için her zaman savaşacağım. Hiç değilse gücüm bitene kadar...

Ama artık bitiyorum. Yoruldum. Kendime ait hiç hayalim yoktu benim.

Sen gelene kadar...

Ben çok kötü bir adamdım.

Ben seninle güzel oldum.

Gitme...

Ben git dersem de gitme.

Ne olur...

”

YERYÜZÜ

Cennette bir damlaydın düştün yeryüzüne.
Bütün dünya susup hayran kaldı yüzüne (gel).
Sen gelirsen her şey düzelir.
Savaşlar durur, insanlık gözümde yücelir.

İlkbahar gibiydin, gelip kapıyı çaldın.
Kışımı yazına çevirip yüreğimi sen çaldın (gel).
Gülümsettin ağaçları,
Tabiat ana seni görünce unuttu günahları.